JN092203

初秋の剣

大江戸定年組

風野真知雄

角川文庫
22879

目次

第一話　隠れ家の女　5
第二話　獄門島　79
第三話　げむげむ坊主　144
第四話　雨の花　201
第五話　昔の絵　263
夏木権之助の猫日記（一）　化け猫の妻　309

主な登場人物

◆初秋亭

藤村《ふじむら》慎三郎《しんざぶろう》　北町奉行所の元同心

夏木《なつき》権之助《ごんのすけ》忠継《ただつぐ》　三千五百石の旗本の隠居

七福《しちふく》仁左衛門《じんざえもん》　老舗の小間物屋〈七福堂〉の隠居

加代《かよ》　藤村の妻

志乃《しの》　夏木の妻

おさと　仁左衛門の妻

安治《やすじ》　飲み屋〈海の牙〉の主人

藤村《ふじむら》康四郎《こうしろう》　藤村慎三郎の嫡男。見習い同心

鮫蔵《さめぞう》　深川の岡っ引き

入江《いりえ》かな女《じょ》　初秋亭の三人が師事する俳句の師匠

第一話　隠れ家の女

一

「まだ、やれただろうが」

と、同僚の柴田半左衛門《しばたはんざえもん》が寄って来て、銚子を差し出した。

「うむ」

藤村慎三郎《ふじむらしんざぶろう》は静かにうなずいて、注《つ》がれた酒を一口飲んだ。甘くてコクのある酒である。

確かにやれただろう。あと三、四年、いや六十まであと五年はやれる自信はある。ほうぼうに疲れやきしみ、がたつきなどが出てきてはいるが、江戸市中を一回りするくらいの体力はまだ残っている。

それに、同心の仕事は体力だけではない。積み重ねてきた経験や人脈、それが大きくものを言う。体力が必要なところは、若い者に補《おぎな》ってもらえばいい。

――だが……。

藤村はそのあとの言葉を口にしなかった。

もっとやれば第二の人生をつくるのが難しくなるだろう、そう思って、今日の引退を決意した。

いまでさえ、職場を離れるのは、たまらなく寂しい。

いろんなことが甦ってくる。

初めて立てた手柄。

とんでもない失敗。

めぐり会った多くの人たち……。

だが、あと五年やったとしたら、その寂しさはもっと強くなる。しかも、抜け殻のようになっているだろう。

――だから、いま……。

ついさっきまで、藤村慎三郎は、北町奉行所の定町回り同心だった。

　これは花形の職務である。同心が与力になるというのは、まずありえない。とすれば、見習い同心から始まって、定町回り同心で終えられたというのは、出世したと言ってもいい。

　その意味でも、ここが潮時なのだった。

　今宵は藤村の別れを惜《お》しむ会である。

「そんなものはしなくていい」

　と言ったが、やはり慣例ということでやらざるをえない。今月は南町奉行所が月番になっていることもあり、北町の上司、同僚、後輩が二十人近く集まってくれている。

　ここは、呉服橋《ごふくばし》前の北町奉行所と、八丁堀《はっちょうぼり》のちょうどあいだあたり、元大工町《もとだいくちょう》にある料亭である。

〈うなじ〉という変わった名だが、門構えから、凝《こ》った中の造り、出される料理にいたるまで、一流の名に恥ずかしくない店である。なによりも、

「うなじだけが自慢でしたので」

　と謙遜するおかみの美貌は、思わず見とれるほどだった。

　与力ならともかく、同心ふぜいがつかえる店ではない。だが、同僚の柴田半左衛

門が、「つねづね面倒を見てやっている」という理由で、こういうときのために積み立ててある同心組の予算で引き受けさせた。ただし、早めに上がる約束らしい。ひとしきりねぎらいの言葉があり、恒例の上司の挨拶があり、あとはいくつかのかたまりで勝手な話が進んでいる。

——そんなものだろう。

皆、それぞれに事情があり、複雑な思いがある。それで精一杯なのだ。藤村にしても、これまで引退した者に対して、それくらいの気持ちだった。

倅《せがれ》も顔を出すことになっているが、先月起きた押し込み強盗についての内偵があり、出てくるのは難しいだろう。

「わしは、とりあえずあと一年やる」

と柴田は言い、藤村の肩を叩くと、直属の与力のところに、挨拶にいってしまった。

そろそろお開きという頃、

「藤村、もう一軒いこう」

歳は二つ上だが、まだまだ現役をつづけるつもりの大野《おおの》仙蔵《せんぞう》が声をかけてきた。

だいぶろれつが怪しい。

「いや、やめておこう」

「待て。わしはおぬしの仕事ぶりに対して言いたいことがあるのだ」

いまさら、なんだよと、内心うんざりしたが、

「今日はこのあと、約束があるのだ」

当たりさわりないよう断わった。

「まあ、やめても住まいは八丁堀だしな」

「死んでいなくなるわけではあるまいし」

「たまには相談にいきますから」

等々、お定まりの別れの言葉に送られ、この会をあとにした。

元大工町から八丁堀のはずれを抜け、永代橋《えいたい》を渡って次の店へ向かうのだが、途中、一本、道をずらして、音羽《おとわ》町の通りを歩いた。ここはわずか半町（約五十五メートル）ほどだが、桜並木になっている。

——六分といったところか。

満開にはあと四、五日かかりそうだが、夜桜見物の客もかなり歩いていた。

大きく深呼吸しながら、桜の下を進む。

毎年、桜の季節には、なにか晴れやかな気持ちになるのは不思議である。

次の店というのは、永代橋を深川に渡って、すぐ左手にある。〈海の牙〉という、飲み屋にしては物騒な名がついている。

亭主の名は安治《やすじ》といって、歳は七十くらい。十年前まで漁師をしていて、うまい肴《さかな》を食わせるこの店を開いた。

本当はもっと漁師をしていたかったのだが、事情があって海に出るのをやめた。そのあたりはあまり語りたくないらしい。

倅が漁師をやっていて、いい魚を持ってくる。これを安治がひと工夫加えると、漁師らしくない洒落《しやれ》た肴になる。

ただ、この店、昔は肴がうまいわりには、置いている酒がいまひとつだった。それを藤村たち常連が、ああだこうだと口を出し、うまい酒が並ぶようになった。店主と客とが研鑽《けんさん》し合ってつくりあげた店と言ってもいい。

のれんをわけ、腰高障子を開けると、正面の席で、

「よう、早かったな」

夏木権之助《なつきごんのすけ》が手を上げ、

「結局、摑《つか》まってしまうだろうと言ってたんだ」

七福仁左衛門《しちふくじんざえもん》が笑いかけた。

「もう一軒、誘われたが、逃げて来た」

「そりゃあ、八丁堀の怖い同心さまたちと飲むよりは、わしらと飲んだほうがいい。なあ、おやじ」

夏木が魚を焼いている安治に声をかけると、安治は、

「そういうこって」

と、当たり前だという顔で言った。頭はすっかり禿《は》げあがり、日焼けが染み付いた真っ黒い顔は、まさに海坊主である。

こっちの会は気兼ねがない。家で飲むよりもっと気楽である。

「まあ、とりあえず、お疲れさん」

と、七福仁左衛門が銚子を伸ばしてきた。

商人らしい人あたりのよさと、誰にも好かれる笑顔である。商人の場合、じつは腹の中はちがうということもありがちだが、仁左衛門はそうではない。愛想がよすぎる、調子がよすぎるというのは、根っからの性格で、商人に生まれなかったら、逆に苦労や失敗がつきまとったのではないか。

丸顔で、小さな目の隅が下がり、泣きそうな顔にも見える。頭はだいぶ薄くなり、小さな髷《まげ》がつくりもののように見えたりするときもある。

「うむ」

藤村は盃をあおった。こっちの酒は、甘くなく、すきっとしている。灘《なだ》の下り酒ではない。越後の酒で、〈竹林〉という名である。

「やっぱり、こっちがうまい」

と、藤村は銚子を追加した。

「藤村さんは、何年勤めたかね？」

七福仁左衛門が訊いた。

「三十五年だ」

「おや、藤村がそんなものか、わしは四十年出仕したぞ」

夏木が胸を張った。

男っぷりがよく、上背もあり、堂々たる押し出しである。そのくせ、気が弱く、つまらぬことまで気に病んだりするのは、親しい者なら誰でも知っている。

「それを言うなら、あっしは十のときからおやじにこき使われたから四十五年だ」

仁左衛門が対抗した。

「いずれにせよ、永代橋の下を大川が流れ、おいらたちの膨大な時も流れた」

藤村が歌うように言うと、

「おや」

「ふうん」

あとの二人は、藤村の感傷は似合わないとでも言いたそうである。

それもそうで、藤村慎三郎は町回りをつづけたため、真っ黒に日焼けし、目つきもよろしくない。これは、同心という勤めがもたらす病のようなもので、引退すると目つきがやさしくなるとは、奉行所の誰もが言うことだった。

「だが、過ぎてしまえば、あっという間《ま》だな」

藤村がつぶやき、

「じっくり振り返るべきなのかのう」

夏木が腕を組み、

「どうかねえ。後悔ばかりがわいてきそうな気もするぜ」

仁左衛門が苦笑いした。

「ちょいと、うかがってもよろしいですか？」

と、背中から声がかかって、三人は後ろを向いた。

若い二人づれである。半年ほど前から、この店の常連になった客だが、二人とも宮大工をしていると、亭主の安治から聞いたことがある。

「何かな」

「いえね、お見かけしたところ、お三人は、お武家さまがお二人と、町人がお一人ですよね。しかも、そちらのお武家さまは、どうやら大身のお旗本」

「大身などであるものか」

と、夏木は言った。つねづね内証はきびしいとこぼしているくらいで、謙遜ではない。

「それが、お三人が話しているところを見ると、なんだか身分に関係なく、親しそうに見える。気兼ねも遠慮も感じられねえ。いってえ、どういう間柄なんだろうと、ずっと不思議に思ってたんですよ」

「ここのおやっさんに訊いたら、てめえらで訊きやがれって言われて。でも、なかなか訊けずに遠慮してたんです」

二人があまり真剣な顔で訊くものだから、夏木たちは顔を見合わせ、

「そんなに変な仲かのう」

と笑った。

町方同心の藤村慎三郎。

三千五百石の旗本、夏木権之助忠継《ただつぐ》。

町人の七福仁左衛門。

この三人組、もともとは、水練の仲間だった。

水が好きで、夏になると、大川べりに泳ぎにやってくる。もぐったり、競争したり、あぶない冒険をしたり、ときにはケンカもしたりするうち、気心が知れ、兄弟のように親しくなった。

皆、住まいが大川に近い。

藤村は八丁堀の霊岸橋《れいがんばし》寄り。

夏木はこの当時は蠣殻河岸《かきがらがし》のそば。

仁左衛門は箱崎《はこざき》の北新堀町《きたしんぼり》。

いずれも、永代橋のたもとあたりまで、歩いてすぐの距離だった。

十代の前半という時期も、身分の差を越えた友情を結ぶのに適していたのだろう。

正確には、十二の夏から十五の夏まで。

じつは、もう一人加えた四人で、大川から江戸湾にかけて泳ぎまくった。

だが、大人になるころ、少年たちは自然と水遊びに別れを告げた。

以来、四人の仲も疎遠になっていたが、十年ほど前に、仲間の一人を亡くしたあるできごとをきっかけに、三人の付き合いが復活した。

そして、三人はいま、老年への入り口という年代を迎え、それぞれが仕事を引退し、家督を倅にゆずることになった。

家庭の事情はさまざまだが、この境遇は三人の結びつきをさらに親密にしたようである。

「そういうことでしたか」

ざっと説明をうけた二人は、納得したらしかった。

「まあ、腐れ縁というやつさ」

夏木がそう言うと、藤村も仁左衛門も、

「そう、そう」

と、笑いながらうなずいた。


「ところでな……」

藤村が、自分たちの話にもどした。

「おいら、今日は相談してえことがあったのさ」

奉行所の与力や同心たちは、町人たちと気心を通じ合わせるためか、言葉遣いも

町人に近い。べらんめぇ口調だし、自分のことはたいがい、

「おいら……」

　と、巻き舌で呼ぶ。

「なんだい。金は貸すが、女房は貸せないよ」

　仁左衛門が冗談を言うと、

「それは、わしらと違って、仁左の女房は若いからな」

　夏木が嫌な顔をした。

「まあ、聞いてくれ。おいらたちはこれから、どうしたってジジイになる……」

「否応なくな」

「あっしはもう、半分はジジイだ」

「それで、ジジイになって、死んでいくまで、おいらは何を大事にしながら暮らしていくべきかを考えた」

「大事ってどういうことだい、藤村さん」

「これだけは持っていたい。そろえておきたいというものさ」

「そりゃあ、金じゃないのかい？」

「金はそうだ。だが、幸いおいらたちは、それぞれ多寡の違いはあるが、どうにか

やりくりしていける目算はある」

「そりゃあ、まあな」

「仁左衛門がいちばんだがな」

仁左衛門も夏木も、藤村が言いたいことはなんとなくわかってきた。

「だが、金だけあっても、これからのおいらたちの暮らしが充実するとは限らねえぜ」

「そうだよな」

「わかるぞ、藤村」

「何があれば、充実するのか？　女か？　趣味か？　あるいは食い物か？　どれも、老いの慰めにはなるだろうが、これだけはどうしても必要なものだとは思えねえ」

「必要なもの？」

「それは何だい？」

「それを、さんざん考えたのさ。その結果、おいらはいい景色ではないかと思った」

「ほう」

「へえ」

意外だったらしく、夏木は盃をとめ、仁左衛門は箸を置いた。

「朝、起きて、寝るまで、いつも目の前にある景色が美しく、感興をかきたててくれるものであったら、おいらの老年はずいぶん豊かなものになるだろうと思ったのさ」

藤村はそう言って、ゆっくり酒を舌で転がした。

実際、藤村がこのことに思い至ったときは、自分の心が池で、その底から光る玉でも見つけたような気がしたものだった。

いい景色がいつも目の前にあるのと、ないのとでは、日々の暮らしのうるおいがどれだけ違ってくるだろう。

まったくと言っていいほど、違うはずだった。

「いい景色となあ。それは思ってもみなかった」

「それは夏木さんの家の庭が立派だからだろう」

「とんでもない。広さはあっても、武家の屋敷など無粋なものよ。周りを大名屋敷の高い塀に囲まれ、庭は大半が畑にされてしまった。しかも、隣りの屋敷の馬小屋からいつも馬糞の匂いが漂ってきて、感興など浮かぶものではない」

「あっしのところも隣りの蔵に挟まれて、ろくろく陽《ひ》もささぬありさまだよ」

「それで、おいらは思ったのだ。どうでえ、三人で景色のいいところに隠居家を借りることにしねえか」

と、藤村は夏木と仁左衛門の顔を交互に見た。

「面白いのう」

「面白いだろう」

「でも、隠居家というと、あっしは気が萎《な》えるな。隠れ家ならいい」

「隠れ家でもいいさ。どうせ、なんとか亭とか名前をつけるんだ。そこで、誰に気兼ねすることなく、いい景色を見ながら、ゆったりと日々を過ごす。むろん、家を捨てるわけではないから、帰りたいときに、それぞれの家に帰ればいい」

「それはいいな」

「藤村さん、やろうよ」

もしかしたら、夏木あたりは渋るかと思っていたが、藤村が驚くほど、相談は簡単にまとまったのである。

二

翌日からさっそく、藤村慎三郎は隠れ家探しに歩きはじめた。どうせ奉行所に行かないのだから、暇で仕方がない。

町回り同心のときはもっぱら本所深川方面を担当していた藤村だったので、それほど感じなかったが、いざ、東西南北に歩みを進めてみたら、江戸の町が意外に複雑な地形をしていることに気づいた。

簡単に言えば、高台と下町でできているのだが、その高台がかなり入り組んだかたちをしているのだ。

そのため、景観は場所によってさまざまに変化する。実地を検分してみないことには、切り絵図では景色はまったくわからない。

坂を上り、下る。

江戸の町を歩くと、この繰り返しである。

では、平らな下町に景観の変化はないかというと、そうでもない。

江戸の町は幾筋も川が流れ、さらにその川をつなぐように、数多くの運河が掘られてある。道を歩けば、すぐにこの川や運河につきあたり、そこに川沿いの風情がある。

意識して江戸の町を歩くようになると、

――面白い町だなあ。

と、あらためて感心したほどである。

江戸の町には、文人墨客たちに人気のある一画もある。たとえば、根岸や、本所の先の柳島、あるいは大川の上流の向島あたり。

このあたりはとくにまめに歩きまわった。

ところが、さすがにここらは大店《おおだな》の隠居などが洒落た別荘などをつくっているけれど、藤村たちが借りるにちょうどいいような建物が少ない。空き家もない。

──まあ、そのうち出てくるだろう。

と、散策がてら歩きつづけた。

ちょうど桜も満開のときにかさなり、景色のいいところはどこもたいそうな人出でにぎわっていた。

役目を離れた日から五日目である。

「よう、いいところがあったぞ」

と、夏木権之助が藤村の八丁堀の家にやってきた。七福仁左衛門もいっしょである。

「おい、あまり大きな声を出すな。決まるまで、加代《かよ》になんだかんだと言われたくないからな」

と、藤村は妻が洗濯物を干しているほうを見た。

「ああ、そうか……」

夏木は声を落とし、

「じつは、わしの知り合いの旗本で、空いた土地に隠居家を建てて貸している男がいる。その持ち家が最近、空き家になったのだが、高台で景色が素晴らしいのだそうだ」

「どのあたりだ」

「小石川《こいしかわ》だ」

「ほう」

あのあたりは高台である。藤村も一昨日あたり、小石川や、谷を挟んだ本郷界隈を歩きまわった。だが、武家屋敷が多く、町家にも空いているところは少なかった。やはり、つてがないと、空き家も見つからないらしい。

昼飯前だったが、三人でそばでも食うことにして、すぐに家を出た。

藤村の家は、八丁堀でも茅場町《かやばちょう》寄りのところで、亀島《かめじま》河岸にも近い。南茅場町の通りをまっすぐお城に向かって進み、お濠沿いに歩いた。鎌倉河岸のところで、右に入り、猿楽町《さるがくちょう》から小川町《おがわまち》と通って、水道橋《すいどうばし》から水戸家の屋敷前に来た。

水戸家の裏手になるという。牛《うし》天神の脇の急坂を登りきった。

「ええと、ここだな」

小さな門がつくられ、篠竹が数本植わっているのも、いかにもという風情である。決まりどおりに、「貸家」という札が斜めに貼られていた。

夏木が預かってきた鍵で錠前を外した。

「このあいだまで喜多川《きたがわ》なんとかといった売れっ子の浮世絵師が住んでいたが、吉原《よしわら》の近くに住むと言って、引っ越したのだそうだ」

「へえ。吉原の近くか」

仁左衛門がにやついた。

「なんだ、羨ましそうだな」

「そんなことはないさ」

「無理しなくてもよいのに」

「なんだい。仲間はずれにする気かい」

と、仁左衛門は拗《す》ねた。

「おお、なるほど」

藤村が声をあげた。

庭の先はほとんど崖のようになっている。

当然、景色はいい。

江戸市中を一望できる。春霞で、お城のあたりは薄桃色にぼんやりにじんでいる。左手に広がる緑は、水戸家の庭である。坂下の小さな流れが神田上水である。

しばらく三人で並び、遠くまで景色を見やった。

「どうだ？」

と、夏木が訊いた。

「ううむ」

藤村は唸《うな》り、

「悪くはないな」

と、仁左衛門の顔を見た。

「そう。悪くはねえ。だが、なんと言うか……」

「なんか、ちがうよな」

そう言って、何がちがうのか、藤村はしばらく考えた。

やがて、思い当たることがあった。

「ここはな、高台にあって、ずうっと下を見下ろすことができる。つまり、ここから眺めていると、なんだかてめえが偉くなったような気がするのさ」

「おう、する、する。殿さまになったみてえだ」

「だが、おいらたちはもう、偉くなんぞなりたくはなかろうよ」

藤村がそう言うと、夏木がぽんと手を打った。

「いや、まったくだ。わしなどは、一時期、偉くなりたいとばかり考えていたが、いまとなるとなんだか馬鹿馬鹿しいとさえ思えてくる」

「そうだよ。あっしの歳になると、背伸びして人の世を見下ろすより、無理せずに同じ場所に立ちたい気がするね」

「だろう？」

と、藤村は夏木と仁左衛門を見た。

「よし、やめよう」

夏木は気を悪くしたようすもない。

「いいのかい、せっかく探したのに」

仁左衛門が申し訳なさそうにすると、

「なあに、江戸に空き家はいくらでもある。そのうちいいところが見つかるさ」

と、藤村が庭の隅で小便を始めていた。

三

「昨夜、とんでもねえ話が舞い込んできた」

と、藤村は夏木と仁左衛門に言った。

ここは両国橋東詰めにある水茶屋である。この日は、浅草寺界隈の貸家を三人でまわってみようというので、ここで待ち合わせていたのだった。

「なんだ、とんでもない話とは？」

「仁左は霊岸島の〈布袋《ほてい》屋〉は知ってるか？」

「油問屋の？」

「ああ」

「知ってるさ。豪商じゃねえか」

「そいつが、昨夜、訪ねてきてな……」

詳しくは、こんな話である。

遅くなりそうな倅の康四郎《こうしろう》を待たずに夕飯をすませ、藤村が手枕で横になっていたとき、

「まことに恐れ入りますが」

と、訪ねてきたのが、布袋屋のあるじの幸蔵《こうぞう》だった。

「お役目をご子息にゆずられたとお聞きしました」

「ああ、まだ挨拶にいかずにすまなかったな。ただ、ゆずったと言っても倅はまだ見習いだからな」

「いいえ。長いあいだ、お疲れさまでございました。じつは、藤村さまがお役目を降りたのを承知のうえで、ご相談に乗っていただきたいことが起きてしまいまして」

簡単な話ではなさそうだった。

「じゃあ、ちょいと上がってくれ」

玄関脇の四畳半に上げた。夜になって少し冷えてきたので、妻の加代に言って、炭を入れた火鉢を持ってこさせた。

「いってえ、何があったんだい?」

「へえ、じつは……」

幸蔵は、布袋屋という屋号とは裏腹に、布袋さまどころか、痩《や》せぎすで目がくぼみ、あまり裕福そうには見えない男である。それが、何か照れたような、とまどったような笑いを浮かべて、

「手前の女房が、何者かにさらわれたみたいでして」

と、囁くように言った。

「さらわれただとぉ！」

藤村も声を落として叫んだ。

「はい。三日前の夕方ごろからいなくなりまして、昨夜、『女房はあずかった』とだけ書かれた投げ文がありました」

「ご内儀はたしか、おちょうさんといったな」

商人のかみさんたちの名まで、全部覚えているわけではないが、布袋屋の女房は身体つきに特徴があって覚えていた。

「はい。ちょうは仮名で、てふ、と書きます。だが、うちのは、てふ、に点がいっぱいつくほうでして」

「てふ、に点がいっぱい？」

ようやく、でぶ、という字が頭に浮かんだ。実際、そうなのだが、笑うに笑えない。

「こんなときにくだらねえことを言うな」

「すみません」

「身代金については、まだ何にも言ってきてねえんだな」

「ええ。まだ、何も」

「要求してきたらどうする？」

「はい。金に糸目はつけないと言えば言いすぎですが、よほどべらぼうな要求でない限り、呑むつもりです」

「そうか。そういうつもりなら、やれることはいろいろあるかもしれねえな」

「それは、ぜひ。藤村さま。この一件、どうか穏便に済むよう、お力添えをいただけませんでしょうか……」

と、布袋屋幸蔵は何度も頭を下げて、帰っていったのだった。

「ざっと、そういうことだった。まあ、奉行所には言いたくねえ。別に悪いことはしていなくても、内情をあれこれ突っ込まれたら嫌だし、奉行所に出入りするのも面倒だ。そこで、引退したおいらを頼ってきたというわけだろう。しかも、布袋屋のようすを見ると、たいして切羽詰まってもいねえんだな」

「ほう」

「殺されたら、後味は悪いけど、殺さないで、ずっと預かってくれるなら、預かり賃くらいは出してやる。その程度の気持ちらしい」

「それは、わかるな」

と夏木はうなずき、

「わしは、ものすごく、よくわかる」

「まあ、おいらも大きな声では言えぬが、わからぬでもない」

藤村もにやりとした。

「それはかわいそうじゃないか」

と、仁左衛門が異議を唱えると、

「仁左。お前は二度目の若くてかわいらしい女房だから、そういうきれいごとが言えるのだ」

夏木は憮然《ぶぜん》としてそう言った。

「まあ、布袋屋の気持ちはどうあれ、相手が何人かもまだわからねえ。一人じゃちと心もとないので、夏木さんや仁左も手伝ってくれよ」

「わしはかまわぬ」

夏木は軽く引き受けた。

「あっしもいいけど、同じ町人に知られるのは、布袋屋が嫌がるんじゃねえかな」

「そうだな。では、布袋屋と会うのは、おいらと夏木さんだけということにする。

仁左は見えねえところで手伝ってくれ」

……と、相談がまとまった。


結局、浅草寺界隈というのは、空き家もあるにはあったが、どこも人の頭を数えるにはいいが、景色のほうはちょっと、というところだった。花川戸《はなかわど》町あたりは助六《すけろく》の舞台ともあって、芝居好きの仁左衛門はかなり期待したが、景色のいいところは料亭などに押さえられていた。

そこで、夜になって、藤村と夏木は、霊岸島塩町にある布袋屋を訪ねた。

「こちらは?」

あるじの幸蔵は、連れの夏木を見て、警戒する顔になった。あまり、おおげさにされたくないのだ。

「うむ。敵が何人いるのかわからぬのに、おいら一人では不安でな。一人、手伝ってもらわねえとな。昔からの友だちで、旗本の夏木さんだ」

「夏木権之助と申す」

夏木は身なりも押し出しも立派で、どこに出しても恥ずかしくない。

「これは、これは。わざわざ恐れ入ります」

幸蔵も、貧乏御家人や浪人者ならともかく、旗本ならかえって安心とでも言いたげである。

「夏木さんは、弓矢の名人だからさ。遠くの敵もぴゅっ、てなもんだ」

「それは頼もしいです」

「それほどでもないがな」

と、夏木もまんざらでもない。事実、夏木は剣のほうはまるでたいしたことはないが、弓では若いころ、将軍の上覧に献じたこともあるほどだった。

「では、どうするかだが、心当たりはねえんだな？」

「いまのところは、まったく」

「向こうの連絡は待つけれど、こっちもやれることはやっておきたい。まずは、おちょうさんの部屋を見せてもらいたいのだが」

と、藤村は言った。これは、捜索の基本である。賊が侵入した足跡、あるいは自殺の覚悟をつづった遺書、そんなものが見つかるかもしれない。

「わかりました。こちらに」

幸蔵は、藤村と夏木を、奥へと案内した。

奥行きのある家は京都が有名だが、江戸の大きな商家も同様である。表通りの間口から想像すると、うなぎの寝床のように奥が深い。

そのずっと奥まったあたりに、おちょうの部屋があった。

幸蔵の部屋はもっと手前にあり、この夫婦はふだんの暮らしはほとんど別々だということを窺《うかが》わせた。

「手をつけずにおりますので、散らかっています」

と、障子を開けた。

なるほど散らかっている。八畳の部屋のそちこちに、着物が乱雑に脱ぎ捨ててある。だらしない性格だとわかるだけでなく、高価な着物をずいぶん買い込んでいるのも想像がついた。

おちょうとは、何度か会ったこともある。太っているのは、幸蔵が言ったとおりだが、どことなくふてたような感じがあり、大店の女房らしくはなかった。

たしか、実家が布袋屋同様に油問屋をしていて、かなりの財産を抱えたまゝ、布袋屋の嫁に来たという噂は聞いたことがある。

「庭も見よう……」

提灯《ちょうちん》を借りて、小さな中庭から、板塀の下の地面まで、丁寧に眺めた。賊が侵入したような跡《あと》はない。

また、塀で囲った外側にも、布袋屋の蔵や、店の者の寮もあるので、ここからさらわれたというのははなさそうだった。

「ここは、わかった。じゃあ、表にもどろうか」

「へえ。そうしましょう」

店はすでに閉めているので、手代や小僧たちも大勢いる奥よりは、表の帳場あたりのほうが、ゆっくり話もできるのである。

「おかみさんが、一人で出かけるところというと？」

夏木が脇から訊いた。

「それは、芝居とか信心でしょうが、どこに行っていたのかは、女中たちに訊いてみないと……」

女房のすることに、ほとんど興味もなくなっているのだ。

聞いたことがあるところだけでもと突っついているとき、

「もし、布袋屋さん」

と、誰かが潜《くぐ》り戸《ど》を叩いた。

「来たか」

藤村は刀に手をかけ、潜り戸の脇に立ってから、あるじの幸蔵に開けるよう、顎《あご》で指示した。

幸蔵が恐る恐る開けると、

「なんだい、あんたは？」

「へ、うどん屋でございます」

闇の中で震えた声がした。

「うどんなどいらないよ。戸を叩くな」

ここらを回っている夜啼《な》きうどん屋らしい。

「旦那。ちがうんで、そっちを通りかかったら、二分やるから、これをこちらに届けろと言われたんで。紫色の覆面をかぶった男に」

「なに」

と、藤村は飛び出し、通りを四つ角のところまで走った。四方を見回すが、すでに人影はない。

うどん屋を中に入れた。担荷《かつぎに》を外に置きっぱなしにはできないというので、潜り戸ではなく、大戸のほうを少し開けた。

「見せろ」

「へい」

うどん屋が紙を差し出した。折りたたんであるだけである。

藤村が開き、幸蔵と夏木がのぞき込んだ。


二百両用意して、明日の暮れ六つに、富岡八幡宮に来い

「藤村よ、ついに連絡が来たな」

うどん屋に聞かれるのを気にして、夏木が小声で言った。

「ああ。来てくれないと困る」

「どうするのだ？」

「それは行くしかないが……」

かどわかしで大事なのは、身代金の受け渡しである。これをうまくやらないと、
最悪は金だけ取られて、人質は殺される。

どうしたものかと思案していると、うどん屋が、

「じゃあ、あっしはこれで」

と帰ろうとした。下がり眉で、泣きそうな顔をしている。

「待て」

藤村が止めた。

「おめえ、さっき、二分もらったと言ってたよな」

「へえ」

「返せ。悪党からもらった銭を懐《ふところ》に入れる馬鹿がいるか」

「あ、ああ」

と、ますます情けない顔になった。仕方なく、二分を懐から出した。

「じゃあ、帰れ」

「あ、あの……」

「なんだよ？」

「せっかくの二分をとりあげたのだから、せめてうどんを食ってくだせえよ」

「うどんだと」

「こっちだって、変なものを預けられたりして、商売あがったりでさあ。味には自信があるんで、ぜひ一杯、食ってみてください」

そういえば、晩飯はまだである。

「夏木さん、どうする？」

「うむ、腹は減っているな」

「布袋屋は？」

「あたしも晩御飯はまだでした」

女房がさらわれても、腹は減るのかと、内心で思いながら、

「じゃあ、三人前もらうか」

「ありがとうございい」

いそいそとつくりはじめた。

土鍋には硬めに茹《ゆ》でたうどんが入っている。それにつゆを入れ、炭火に載せた。

一度に土鍋が三つほどは載るようになっている。

ぐつぐつと煮立ってきたあたりで、カマボコとシイタケを入れ、長めに切ったネギを足してから、最後に揚げてあった小エビの天ぷらをのせた。

「へい、お待ち」

途中からあまりいい匂いなので、ついつい手順を見守ってしまった。

「こりゃあ、うまそうだな」

ふうふう言いながら、一口すすった。

「ほう……」

自慢するだけのことはある。

「うめえな、うどん屋」

藤村は褒《ほ》めた。

「いやあ、そう言ってくださると思ってました。あっしも味にかけては、どんな常《じょう》店《みせ》にも負けねえ自信があります」

と、このときは生意気そうな顔になった。

「さて、どうするかだ……」

藤村がまた、声を落とした。

「藤村。金は本物を持っていくのか？　見せ金だけという手もあるぞ」

「いや、それはまずい。布袋屋。とりあえず、小判で二百両、用意してくれ」

すすりながら、小声で相談する。

うどん屋は土間の隅で、器が空《あ》くのを待っていた。

「うまかった。天ぷらは最高だった」

布袋屋の幸蔵まで絶賛した。

四

「向こうでは挨拶はきちんとするのですよ」

「わかってますよ」

「町人でも、影響力を持つ人はいるのだし、八丁堀風を吹かすのは十年早いんですから」

「母上。それはもう何度も聞きましたから」

加代が、これから張り込みに行くという倅の康四郎に、注意をしているのだ。

――康四郎もさぞや、うるさいだろうに。

と、藤村は寝床の中で思っていた。

いつもは、うっすら明るくなるころには目を覚ますのだが、今朝はいつになく寝坊したらしい。

理由はわかっている。昨夜、まさかとは思うが、刀を振り回す事態もないとは限らないと、ひさしぶりに木刀を振ったのである。

汗をびっしょりかいた。そのため、いつもは小便がしたくて起きるのが、いままで目を覚まさずにいたのだろう。

――あ、痛たたた。

素振りをおよそ三百回。若いころは、一日千回でも二千回でも振ったのに、たった三百回で、身体中が痛い。いかに怠けていたかがわかる。

藤村は神陰流《しんかげ》を学び、道場でも三羽烏の一人と言われたこともあった。だが、その道場にも、もう五、六年ほどは顔を出していない。たまにこうして素振りをおこなうが、振りの速さはともかく、持久力は年々、落ちている。

——なあに、剣の勝負は一瞬の気合だ。

藤村はいつもそう自分に言い聞かせている。

「さて、起きるか」

独《ひと》り言《ごと》のふりをして、加代に告げた。

「まったく、もう、康四郎ときたら、口ばっかりで」

と、加代はぶつぶつ言いながらやってきて、

「あら、どうせ、今日もお出かけなのでしょう?」

愛想のない訊き方をした。

引退したというのに、毎日毎日、江戸中を出歩いている藤村に、なんとなく疑念を抱いているのだ。

だからといって、一日中、家にいて欲しいわけでもないらしい。何をしているのか、わからないのが不安なだけなのだ。事実、

「いや、今日は昼間は家におる」

と答えると、

「あら、そうですか」

がっかりしたような顔をした。

「では、今日は香道のお弟子さんたちが来ますから、あまりだらしない格好で出てこないでくださいね」

「ああ、あれか」

加代は、御家《おいえ》流とかいった香道の師匠だか、名取だかになっている。

これは、香木の匂いを嗅《か》いで、何の匂いかを当てたりする、藤村から言わせると、作法とも遊びともつかないものである。ただ、古くからわが国にある芸事のひとつで、やんごとなき姫君やら、富裕な家の女どもが楽しんできたのだという。

なぜ、そんなものを、同じ町方同心の家に生まれた加代がやっているのか不思議だが、なんでも実家に代々伝わってきた貴重な香木があったからだそうだ。

加代が言うには、

「あの、織田信長公も欲しがった名木」

で、一度、見せてもらったこともあるが、どう見ても、浜辺に転がっている朽木《くちき》だった。

　それを言ったら、

「そもそも、名木というのは、浜辺に打ち上げられるもの」

だそうで、なんとも恐れ入ってしまった。

あれが始まると、家中にさまざまな匂いがたちこめ、甘ったるい匂いで胸が悪くなることもある。

「そんな嫌な顔はしないでくださいな」

「嫌な顔をしたかね」

「ええ、凄く」

「どうも、あの匂いを嗅ぐと、湯島あたりをうろつく陰間《かげま》を思い出してしまって」

「やあね」

　と、加代は箸でも突き立てそうな顔で睨み、

「でも、お弟子さんたちの中には、康四郎の嫁にどうかしらと思うような方も、何人かいるのですから」

　と言った。

「康四郎の嫁だと？　あいつ、幾つになったっけ？」

「二十一でございます」

「それじゃあ、まだ早いだろう」

藤村は、同心の中では嫁をもらうのが遅く、三十の声を聞いて、あわてて手近なところで仲人を頼んだ。それが加代である。

「いいえ。早くはございませんよ。あと、二、三年したら、ちょうどです。逆に遅いと、嫁からしたら、すぐに老《ふ》けてしまうような感じがしますから」

明らかに嫌味である。


香道の稽古が始まる前に家を抜け出し、夕刻まで時間をつぶすため、藤村は七福仁左衛門の家に行くことにした。

仁左衛門は、箱崎の北新堀町で、何代か前から〈七福堂〉という大きな小間物屋を営んできた。また、ほかにも、店の裏手や近くに両手を超す数の長屋を持っている。いわゆる家主と言われる仕事で、町政の一角を担《にな》ったりもする。

町の有力者である。

だが、最近、家督は息子に譲った。つまり、小間物屋の経営も、家主や、それから選出される五人組の仕事も、手が離れた。ただ、仁左衛門夫婦も住む長屋の家賃は、仁左衛門に直接、入るようになっている。

ほかにも、店の財産とは別に、ひそかに貯めた金もある。

だから、内証は豊かである。それが、ふだんの表情にも、言葉にもにじみ出ている。それは、藤村にも羨ましい。

「よう、いるかい？」

仁左衛門の長屋の前で声をかけた。

七福堂の裏手に建てた長屋で、隠居家だけにするのは勿体《もったい》ないと、ほかに四所帯が入居できるようにしてある。長屋とはいっても、二階も付いたいい住まいなのだ。

ただ、仁左衛門が言っていたように、あたりは蔵だらけで、日が当たるのは、真昼だけだし、景色といったら、白壁ばかりである。

「やあ、藤村さん。早いねえ」

二階から仁左衛門が顔を出した。

「ちと、家にいにくくてな。加代の香道の稽古が始まった」

「ああ、あれね。あっしは、ああいういい匂いは好きだがね」

しらばくれたことを言う。仁左衛門の髷《まげ》は小さいので、下から見上げると、茶色いゆでたまごのようである。

「ところで、仁左、何をしている？」

藤村は、背伸びするように二階を見て、訊いた。

「え、何って？」

「なんか、そこで四つん這いになっていねえか？」

「いや、これは」

「おい、昼間から、窓を開けて……」

「あ、藤村さん。誤解しちゃだめだ」

そこへ、仁左衛門の若い女房のおさとが、顔を出した。ちゃんと着物を着ている。

「あら、藤村の旦那。上がってきて。面白いものを見せますから」

おさとの独特の甘ったれたような変な声で上がれと言われ、藤村は遠慮なく二階に上がった。そこで、

「げっ」

目に飛び込んできた光景に啞然とした。

尻っぱしょりした仁左衛門が、四つん這いになり、ケツのあたりに筆で赤い何かを塗らせていた。

「なんだ、おい」

「いや、まいったなあ」

「その赤いのは痔の薬かい？」

「それが違うんで……」

仁左衛門は照れて、ゆがんだ顔になっている。

「浮気除けですよ、旦那」

と、おさとが言った。

「赤い色がかぁ？」

「ええ。尻から、前のものまで、真っ赤に塗っておけば、とても褌《ふんどし》を取ったりはできないでしょ」

「そりゃあ、できねえな。したら、悪い病気だと思って、女は走って逃げるぜ」

「こうしておけば、浮気も防げます」

これは、家に湯があるヤツだけにできることである。湯屋に行くヤツはとてもじゃないが恥ずかしいし、だいいち、湯屋のほうでも、入れてくれなくなる。

「浮気の兆候でもあるのかい？」

「あるんです。近頃、男だけで隠れ家みたいのが欲しいなんてことぬかしてるんです」

「ああ……」

もう、しゃべってしまったらしい。こういうことは、準備がすべて整うまで内緒にしておかないと、邪魔されたりするものなのだ。

秘密にしておけないのは、仁左衛門がおさとに惚れているからだろう。

おさとは仁左衛門より、三十ほどは若い。むろん後妻であり、三年ほど前、最初の妻が病《やまい》で死んだあとに嫁にした。髪結いをしていたらしいが、どうやってこんなジジイの後妻になる決意をさせたかは、いまだに謎である。

極端に若い嫁をもらえば、いろいろと不都合も出るらしいが、とりあえず七福家でまずいのは、倅の嫁よりも仁左衛門の嫁のほうが若いということである。

「倅が歳のいった嫁なんざもらうから……」

と、仁左衛門はこぼした。

倅が四つ年上の浅草芸者を落籍《ひか》したのと、仁左衛門が三十も若いおさとをくどき落としたのは、ほとんど同じころだった。初めて嫁同士が顔合わせをしたときの、なんとも微妙な雰囲気というのは、他人ごととして聞けば、まさに大笑いモノであった。

「おさと、そばの出前でも頼んできな。藤村さんの分もな」

「あいよ」

とりあえず、仲がいいというのは、なによりだろう。

藤村はここで、無駄話に興《きょう》じながら、夕方になるのを待った。


布袋屋には、藤村が一人で、早めに行った。

昨夜、身代金の受け渡しには、当人が行くか、藤村が代理で行くか、話し合った。あの文には、金額と時と場所は指定してあったが、布袋屋のあるじが持って来いとは書いてなかったのである。ということは、店の使用人でも、あるいは藤村のような他人でもいいのではないか。

だが、相手を刺激するのはまずい。そこで、

「布袋屋とおいらが同じような格好で深川に向かう。暮れ六つで暗くなったときに、布袋屋とおいらがすばやく入れ替わる。そんなことでいこうや」

ということになった。

布袋屋は痩せぎすだが、上背《うわぜい》はあって、藤村と同じくらいである。そこで、目に残りやすい、はっきりした縦縞の着物に羽織を着させ、藤村も同じ格好をした。刀は差さず、背中に八丁堀時代に愛用した十手《じって》を隠した。

先に布袋屋を店から出し、しばらく外のようすを窺《うかが》ってから、藤村が急ぎ足であとを追いかけた。永代橋を渡って、富岡八幡宮の近くで入れ替わることになっている。

永代橋の手前で、打ち合わせたとおりに、夏木と仁左衛門が待っていた。

「さすがに、八丁堀だけあって、落ち着いてるな」

「からかっちゃいけねえ」

「布袋屋はいま、行ったばかりだ」

「誰か後をつけているようなヤツはいたかい、夏木さん？」

「いや、いなかったな」

三人で歩き出した。

「これが身代金だ」

と、藤村が二人に包みを見せた。

「二百両だったな」

仁左衛門には、とくに大金には見えないのか、持ったりすることもない。

「多いのか、少ないのかわからんな」

夏木がそう言うと、

「いや、いい額だと思うよ。それくらいなら、布袋屋の商売が揺らぐことはまずない。だが、取るほうからすれば、いろいろと役に立つ額になる。それくらいを元手に商売を始めてもよいし、上方《かみがた》あたりで一生、ひっそりと暮らすのもいい」

と、仁左衛門が感心した。

「すると、大勢のしわざではないな」

と、夏木が訊いた。

「ああ、一人か二人だろう」

「まさか、布袋屋の内証をわかっているヤツではないだろうな」

「いや、おいらはその線だと思ってるぜ。それどころか、かなり身近にいる者が関わっているような気がするんだ」

永代橋を渡って、右に進み、次に馬場通りへと曲がった。

黒江《くろえ》町のところに一の鳥居があるが、ここでのろのろしていた布袋屋を追い抜くようにして、さりげなく入れ替わった。

この暗さだと、よほど近くで見張っていなければ、入れ替わったことに気づかないはずである。

布袋屋はそのまま脇《わき》道に入り、店に引き返す手はずにしてある。

ついで、夏木と仁左衛門とも別れ、一人で深川富岡八幡宮の正面、二の鳥居のところに来た。

夏木と仁左衛門は半町ほど離れて、こっちの動きを窺っているはずである。

この八幡宮は、江戸指折りの名所である。真言宗の永代寺の中にあって、応神天皇、天照大神、八幡大明神が祀《まつ》られてある。『平家物語』で活躍する源頼政が、この神像を熱心に拝んだとされる。

すっかり日は落ちた。それでも、まだ人通りはある。

提灯に明かりを入れ、しばらく二の鳥居の前に立ち、誰も近づいてくるようすもないので、本殿のほうへ行ってみた。裏手には深川富士といわれる人工の山も築かれてある。そっちはほとんど人けがない。

もう一度、二の鳥居のところへ引き返したそのときである。

「おじちゃん」

と、大島《おおしま》川のほうから、まだ七、八歳くらいの男の子が、紙切れを手にして駆け寄ってきた。

「これ、読んでってさ」

片手に飴を持っている。駄賃にもらったのだろう。

「どの、おじちゃんが寄越したんだ?」

「あっち」

と指差したのは、来たのとはちがう方向である。わからなくなってしまったのだ。

「ありがとうよ」

子どもを見送り、提灯の光を寄せて、文を開いた。

笛の音がしたほうに来い

と、書いてある。

耳を澄ました。

——聞こえる。

たしかに笛の音がしていた。

たぶん土の笛で、寂しげな風の音にも似ている。

本殿に向かって右手、三十三間堂のほうから聞こえてくる。

ゆっくり、そちらに歩く。藤村が近づくと、笛の音は遠ざかったようである。そちらに向かうと、また遠ざかる。ということは、方角は間違っていないのだろう。

三十三間堂の脇《わき》を通り過ぎると、汐見《しおみ》橋という橋のところに出る。左手は土手になっていて、一本だけ大きな八重桜の木があり、こっちはまだつぼみのままである。

土手の下の三十間川を、小舟が寄ってきた。

漕ぎ手が一人乗っている。

「布袋屋か」

わざとつぶした声で訊いてきた。暗いうえに、手拭いで頬かむりをしていて、顔はわからない。提灯の明かりも届かない。しかも、しゃがみこんで、菰《こも》を背中にかけているので、背丈すら見当がつかなかった。

「ああ」

と、藤村は短く答えた。

「金を投げろ」

「投げる……」

咄嗟《とっさ》に、しまったと思った。舟で現われるとは予想しなかった。

これでは、捕まえることができない。岸から距離を置いているので、飛び移ることもできない。相手は考えてきていた。

「早く、投げろ」

「わかった」

ひょいと放った。だが、わざと力を抜いた。

「あっ」

漕ぎ手が小さく叫んだ。手を伸ばしたが、摑めない。重い小判の包みが、いっきに水を潜り、とっぷーんという深さを想像させる音がした。

「この糞ったれが」

と、漕ぎ手が呻いた。

「どうするんだ？　女房を殺してもいいのか」

わざと喉をつぶしているが、震えを帯びた声だった。

「もう一度、連絡をくれ。金はまた用意する」

「ドジな野郎が。もう連絡なんざしねえ」

「それは……」

「女房が死んだら、てめえのせいだ」

「おい、待て」

引きとめようとするが、小舟は去っていく。

夏木と仁左衛門が駆けて来て、

「あの舟か」

「そうだ」

あとを追った。

だが、掘割を逃げる舟を、陸地から追いつくのはまず無理である。橋のないところを何度か曲がるだけで、簡単に引き離されてしまう。しかも、堀は暗く、舟の影さえ定かではない。そういうことも見越して、舟を使ったにちがいない。

案の定、二人はまもなく戻ってきた。

五

「あった、あった」

と言いながら、仁左衛門が三十間川の水の中から浮かび上がってきた。

まだ、水は冷たいらしく、唇が紫色に変わっている。小さな髷が、ますます縮こまって、後ろに落ちそうだった。

手に持っているのは、昨夜、藤村がわざと手前に放った二百両の包みである。

「よく見つけたな」

三人のうちで、いちばん長く潜っていられたのも仁左衛門だった。

「ここらはずいぶん浅いのだ。なんだ、知ってて放ったんじゃないのか」

「そんなことまで考えられるか」

咄嗟にやったことだが、それにしては我ながらでかしたと、藤村は内心、そう思っている。

「だが、昨日の男はまた、連絡してくるかね？」と、夏木が訊いた。「同じ手は使えないし、向こうも警戒してるだろうし」

「すぐには、こねえだろうな」

「藤村、女房が殺されるってことはないだろうな？」

「ああ……」

じつは疑念がある。

藤村は、ここに来る前、朝から布袋屋の手代や小僧、女中たちと話をし、怪しいヤツを探った。とくにおかしなヤツはいなかった。さらに、女房のおちょうが、どうやって消えたのか、足取りを探った。だが、これも手がかりがなかった。

おちょうは忽然と消えたのだ。

そんなにうまくできるものだろうか。ましてや、あの大柄な女を。

「変だぜ、このかどわかしは」

「変？」

「どうしても、首をかしげてしまうのさ」

「おい、藤村。まさか、狂言だというんじゃなかろうな」

「いや、それはあるかもしれねえよ……」

三人は永代橋に向かって、歩き出した。この二百両は布袋屋に返しておかなければならない。

永代橋の中央まで来たとき、ふと藤村の足が止まった。

「どうしたい、藤村さん？」

仁左衛門が藤村を見た。

「いや、気になることがあるのさ。仁左は会ってねえんだが……」

「どういうことだ？」

と、夏木が訊いた。

「たしか、うどん屋も笛を吹いて歩いてたよな？」

「ああ、あのうどん屋か。だが、音色はちがったぞ」

「たとえ音色はちがうにしても、笛でおびき寄せようと思うのは、ふだん笛を使い慣れているから思いつくことじゃねえのか」

「なるほど。舟の男は似てたのか？」

「それは暗くてわからなかった。だが、もうひとつ、あのうどん屋が文を持ってきたときのことが気になる」

「何がだ」

「自分から二分もらったと言ったのだ。子どもですら駄賃をもらったなどと言わなかったのに」

「なるほど、たしかに怪しい」

「もしかしたら、取り上げられることも見込み、そのときはうどんをつくって食わしたりしているあいだに、こっちのようすを窺おうという魂胆だったのか」

「おそらくそうだ」

と、夏木はうなずいた。

「あの、うどんをもう一度、食ってみる」

「おう、それならわしも付き合う。あれはうまかったからな」

「なんだ、そんなにうまいなら、あっしも付き合うよ」

　こうして、三人で夜啼きうどんを食うことになった。

　いったん布袋屋に金を返し、永代橋の脇の豊海《とよみ》橋のたもとで待つことにした。永代橋のたもとには御船手番所があり、番人も出ている。広場をはさんだ豊海橋のほうなら、番人の目もわずらわしくなかった。

　そのうどん屋は、深川から永代橋を渡って霊岸島にやってくるらしい。

　日も暮れて、永代橋を渡る人の数もだいぶ少なくなったころ、

「あれじゃないか、藤村」

　と、夏木が顎をしゃくった。

「ああ、そうだ」

　かなりの重さになるだろうと思われる担荷を肩にのせ、ゆっくりとやって来た。

　夜鷹そばだと、担荷のところに風鈴をぶらさげている者が多いが、それと区別するためか、このうどん屋は、

「あったかいうどん、おいしいうどん」

　と唄うように言ってから、ぴいいいと笛を吹いた。

　笛はひもでぶらさげているが、いちいち口からはずしたりせず、しゃべるときも唇の端に咥《くわ》えたままだった。

あらためて聞いても、あのときの音色とはまるでちがう。あのときの音は、土笛のようなかすれた音色だった。

「おっ、この前のうどん屋ではないか」

藤村はしらばくれて声をかけた。わざと足元をふらつかせ、酔ったふりをしている。

「ああ、これはどうも」

うどん屋に慌てたようなそぶりはない。

「お前のうどんはうまいな。ちょうどいい、みんなで一杯ずつ食っていこう」

「へっ、ありがとうございます」

三人でならび、夜啼きうどんができるのを待った。仁左衛門だけが初めて食うものである。

「この店はいつからやってるんでえ」

と、藤村が訊いた。

「へい。去年の暮れからです」

「霊岸島一帯をまわってるな」

「ときには鉄砲洲《てっぽうず》のほうまで足をのばすこともありますが」

「何人前くらい持って出るんだい？」

　と、商いの細かいことを訊いたのは仁左衛門である。

「ここんとこはあったかくなってきたんで、三十人分です。寒いときは五十人にしたこともありました」

「全部売れたら仕舞いってか」

「へえ、でも、売れ残ることも多いですよ」

「まあ、夜啼きうどんはあんたのとこだけじゃないしねえ」

「うちは、そばはやりませんしね」

　そんな話をするうちに、ぐつぐつとうどんが煮えた。

「へい、お待ち」

　湯気の中に顔を突っ込むようにして、うどんをすする。

　この前と同様に、うどんにはコシがある。ダシもいい。

「うまいねえ」

　と、仁左衛門も感心した。

「だろう。それより、おいらはさ、この天ぷらがうまいと思うんだ。油がしつこくねえもの。こんなにいい油を使ってたら、割が合わねえんじゃないのか」

そう言いながら、藤村は上目遣いにうどん屋の顔を窺った。

うどん屋の目がふいにうつろになり、顔色はさっと青ざめた。それは、提灯のかすかな明かりの下でもわかった。

六

「狂言かもしれない、ですって」

布袋屋の幸蔵が奥目を大きく見開いた。まだ、店を開けたばかりで、客は少なく店の者たちが、油の樽を運んで行き来している。

「おちょうが自分から身を隠したっておっしゃるんですか」

「おいらは、まちがいないと思う」

藤村はそう言って、後ろにいる夏木権之助とうなずきあった。

昨夜、うどん屋との話で、あいつがからんでいることを確信した。

そこで、あれからうどん屋のあとをつけてみた。

うどん屋はときおり何か心配げなようすで立ち止まったりはしたが、ずっと商いをつづけて、四つ過ぎには三十人分を売り切り、永代橋を渡った。

家は深川相川町《あいかわ》の御船手組屋敷の近くで、家の前まで行ってみたが、一間きりの長屋に布袋屋の女房をかくまっている気配はなかった。

「何のために？」

「男のためだろうな」

藤村がそう言うと、幸蔵はにんまり笑った。

「藤村さまは、うちの女房を見たことはありましたな」

「ああ、何度もお目にかかったよ」

「正直、どうでした？」

「うむ。立派な恰幅で、多少、口数が多いのが……」

「多少どころではございませんよ。下手したら、一日中、しゃべりっぱなしだ。あんまりうるさいので、あたしは部屋を離したくらいなんですから。あれが、よそで男をつくることができる女だと思われますか」

「そりゃあ、わからんよ」

「わかりますって」

「いや、一方的におちょうさんが思ってしまったということも考えられるし、惚れた男の前だとおとなしくなるのかもしれねえ」

「ああ、そういうこともね……」

と、幸蔵ははじめて不安そうな顔になった。

「どこか、女房が隠れていられるようなところはないか?」

藤村が訊くと、あるじはしばらく考えて、

「あ、もしかしたら……」

「どこだ?」

「深川の熊井町《くまい》にあいつのおやじが隠居していた家が。そこは、おやじが亡くなってから誰かに貸していたはずだが、もしかしたら空き家になっているのかもしれません」

「熊井町だな」

永代橋からもそう遠くはなかったはずである。

「あたしも行きます」

と、幸蔵も出ようとしたのを、藤村は止めた。

「いや、待ちなよ」

「でも……」

「かえってこじれるといけねえ。おいらがとりあえず一度、話を聞いたほうがいい」

そこへ夏木も口をはさんだ。

「藤村の言うとおりだ。あいだに人が入ったほうが、うまくいくことも多いものだ」

「そうですか。そのほうがいいかもしれませんな」

幸蔵も納得した。

「熊井町のどのあたりだ？」

「ええ、その家は昔、芝居で有名な小猿七之助《こざるしちのすけ》が住んだという家の三軒ほど隣りです。あのあたりでそう言えば、誰でもわかります。義父が建てた家は、黒板塀の変に洒落たような造りです」

「よし、わかった」

と、藤村は夏木と、それから途中で待っていた仁左衛門とともに、深川熊井町に向かった。なるほど、ここは、うどん屋のいる相川町とも目と鼻の先である。

家の前に立つと、ぷうんといい匂いがした。天ぷらを揚げているらしい。

さらに話し声も聞こえている。

「ごぼうの笹がきを足してみたんだけど、どうですか」

「こりゃあ、うまい。おちょうさんの料理の腕はたいしたもんだ」

藤村たちは顔を見合わせた。

やはり、ここにいた。

しかも、あんなに口うるさい女が、殊勝な物言いをしながら、男の商売に使う天ぷらを揚げているらしいではないか。

「ごめんよ」

と、藤村は門の板戸をあけた。

すぐに玄関口になっていて、うどん屋がその上がり口に腰を下ろしていた。さっと顔色が変わった。

「どうしたの」

台所はその脇にあるらしい。不安そうな声とともにおちょうが顔を出したが、すぐに藤村とわかったらしく、

「もどりませんから、あたしは！」

そう言って、二階への階段を駆け上がっていった。階段の踏み板が、おちょうの重さでぎしぎしと鳴った。

うどん屋はすぐに観念したらしく、がっくり肩を落として抵抗のようすも見せない。

「おちょうさん……」

藤村は階段の途中から、二階のおちょうに話しかけた。

「幸蔵さんも奉行所に届けたり、騒ぎにするつもりはねえんだぜ」

「だって、旦那は八丁堀の」

「そうじゃねえ。おいらはつい先日、倅に家督《かとく》をゆずって、隠居したのさ。だから、いまは知り合いとして話をしにきただけなんだよ」

「……………」

「あのうどん屋とは、いい仲なのかい？」

藤村はできるだけ咎《とが》める口調にならないように訊いた。

「ふしだらなことを想像しないでください。あたしはただ、忠《ちゅう》さんのつくるうどんが好きで、ちゃんとした店を持たせてあげたかっただけなんです。それと……」

「それと、なんだい？」

「外で女遊びばっかりしているあの人とは、もう別れたいんです」

下では夏木権之助が、耳が痛いような思いをしているのではないか。

「そうかい。じゃあ、そのためにはあんな茶番なんかよして、きちんと話をしたほうがいい。とりあえず、いったん店にもどろうや」

と、やさしく言った。

いつの間にか後ろに来ていたうどん屋も、

「そうしたほうがいい、おちょうさん」と、声をかけた。「二百両だって、かどわかしに見せるためにやったことで、もともと返すつもりでいたんだから」

「わかりました」

おちょうの蚊の鳴くような声がした。

早まったことをするのを警戒し、藤村は階段を登りきって、おちょうの前に立った。

おちょうは畳に崩れ落ち、静かに肩を震わせている。店の前でよく見かけたような、ドラ声を張り上げているときの姿は微塵《みじん》もうかがえない。

「じゃ、行こうか」

「はい」

おちょうを先に階段を下ろし、自分も下りようとしたそのとき。藤村は、背後に何か凄く重要なものがあったような気がして、ゆっくり振り向いた。

「ああ」

と、思わず声が出た。

「おちょうさん」

「何か」

「この景色……」

「ええ。あたしのおとっつぁんが、ここの景色が気に入って、隠居家を建てたんです」

「ちょっと、おいらの仲間が下にいるんだけど、見せてやってもかまわねえかい」

「いいですけど」

藤村は、夏木と仁左衛門を上に呼んだ。

「これを見ろよ」

「おう」

「すげえな」

大川の河口である。潮の満ち干や洪水にそなえて、堤《つつみ》が築かれてあるので、平屋建てでは土手しか見えない。だが、ここは天井の高い二階建てにつくられていて、窓の向こうはちょうど堤の上に立ったような景色が望めるのだ。

花曇りの空を映した大川が、湖のように大きく広がっている。

向こう岸にあるのが、霊岸島の越前福井藩松平家の屋敷である。その先に御船手組の組屋敷や船見番所があるはずだが、これははっきりとは見えず、むしろその向こうの鉄砲洲あたりが見えている。

家々の上にぽつんと突き出たのは、本願寺の大伽藍のはずである。

その右が石川島《いしかわじま》である。佃島《つくだじま》は陰に隠れている。

石川島もここから見る限りは、森がこんもりと繁り、砂浜のこっちは船だまりのようでもあり、とても人足寄場のある獄門島とは思えない。

さらに窓辺に立つと、左手にわかれた大川の流れ、越中島と武州忍《おし》藩の松平家の屋敷も見えた。

大川もそのあたりはもう、まぎれもない海である。

雄大でもあり、心を慰撫するやさしさもある。

「懐かしいなあ」

と、仁左衛門が言い、

「ああ」

夏木もうなずいた。

まさにこの川で、この海で、少年時代の藤村や夏木や仁左衛門たちは泳ぎまわったのである。魚になったような気分で、水の心地よさと、その上の空の大きさとを満喫したのである。

あのときの心ののびやかさは、いま、どれくらい自分たちに残っているのだろうか。

「ここからだと、富士も見えるだろうな」

と藤村がつぶやくと、

「そりゃあ、晴れた日はすぐそこに」

いつのまにかおちょうも脇に来ていて、窓の真正面を指差した。


布袋屋幸蔵は、夜になって藤村の八丁堀の家を訪ねてきた。この前と同じく、玄関脇の四畳半に招じ入れた。今宵は暖かくて、火鉢に炭を入れる必要もない。

「やはり間男《まおとこ》ではないようでした」

と、幸蔵はほっとしたように言った。

間男は大罪だが、罪うんぬんとは別に、完全に裏切ったわけではないおちょうに安心したところもあったのではないか。

「だろうな」

藤村はうなずいた。だが、男女の関係はなくとも、おちょうがうどん屋に惚れているのはまちがいないだろう。

幸蔵もそれはわかったらしく、

「ただ、おちょうのほうは望んでいると思ったので、うどん屋にも訊いてみました。もしも、あたしがあいつを離縁したら、いっしょになるつもりはあるのかと」

うどん屋は忠さんと呼ばれていた。おちょうと並ぶと、やはりおちょうのほうが二寸ほどは大きかったはずである。

「ほう。なんと言った？」

「旦那が許してくれるならと」

布袋屋は神妙な顔をした。

「おちょうは、あたしといるときには露ほども見せない殊勝な顔をしてましてね。なんでも天ぷらまで上手に揚げるんだそうで」

「そうだ。おいらも揚げているところに行ったんだ」

「家では料理なんてしたことがなかったものですから、驚いてしまいました。あの、夜啼きうどんに入っていた天ぷらも、おちょうが揚げたというじゃありませんか」

幸蔵の顔を、すっと切なそうな表情が通りすぎた。

そのことに二、三年早く気づいていたら、今日のような日はなかったのかもしれない。だが、それは藤村が偉そうに言えることではなく、おそらくはどこの家にもあって、ふくらんで固まってしまうまで、気づかれずにいる小さな不幸なのだろう。

「それで、どうするんだい」

「あたしとは、元の鞘《さや》におさまるつもりはないそうです」

「うむ」

「望みを叶えてやりますよ」

と、幸蔵は殊勝な顔で言った。

「そうするかい」

「すぐに所帯を持たせるのはまずいんで、いったん離縁して、柳島のほうにある寮に入れます。そのあいだに、うどん屋に店を持たせ、一年ほどしてもいっしょになる気があるなら、勝手にするがいいやって」

「考えたな」

「ええ。どうも、あたしのほうにも反省する気持ちはありますからね。方々にこしらえた女はどれもただの浮気だったんですが、あれをうっちゃらかしすぎていましたから」

「まあ、男ってえのは、そこらは馬鹿だからな」

気づいただけでも、大店の布袋屋のあるじはさすがに賢明なのだろう。

「子どもは？」

それが気になっていた。

「おちょうが産んだ子は、幼いころに病で亡くなりまして。親類の子を養子にして、跡を継がせることにしています」

「そうなのかい」

おちょうは亡くなった子の歳をずいぶん数えもしたはずである。

「というわけで、藤村さまにはお世話になりました」

そう言って、幸蔵は小さな風呂敷包みを懐から出した。このあいだの包みよりはずいぶん小さいが、少なからぬ小判が入っているのはわかる。

「おっと、そいつは困るぜ」

藤村は包みを押し戻した。

「何をおっしゃいますか」

八丁堀の同心などは、こうしたものをもらい慣れているのだ。いまさら、断わる柄《がら》でもないでしょうと言いたげである。

「いや、それはけっこうだ。そのかわりと言っちゃあ、なんだが……」

「何でございましょう」

「あの、おちょうさんが隠れていた熊井町の家をだな、おいらたちに貸してもらえないだろうか。もちろん、ちゃんと家賃は払う」

「え、あの家ですか」

　幸蔵は、何かのまちがいではないかという顔をした。

「そう、あの二階建ての家さ」

「旦那。あそこはちょっと変わり者だったおちょうのおやじが酔狂で建てた家で、まともに西日が差しますが……」

「だろうな」

　そのかわり、西日は茜《あかね》の空の中に、富士の姿をくっきりと浮かびあげるはずである。大川に立つ小さな波を、赤や黄金色にきらきらと輝かせるはずである。

「雨が降れば、出水《でみず》が心配だし、実際、出水で逃げることもしばしばですよ」

「それは、雨の季節にはそんなこともあろうが」

「そのあとの始末も大変ですよ」

「いいことだけの家などねえもの」

「本当にいいんですか？」

「ぜひ」

「そりゃあ、こちらとしても、借りてくれる人がいたら大助かりですよ」

布袋屋幸蔵にとっていい景色とは、金色の平たいやつが、小山のように盛り上がった光景である。いったい八丁堀のやり手同心と言われた藤村慎三郎はどうなってしまったのか……。

幸蔵は首を傾げつつ、暗くなった道を足早に霊岸島へと帰っていった。

第二話　獄門島

一

藤村慎三郎の頭が、次第にはっきりしてきた。

いろんな鳥の声が聞こえている。うるさいくらいだが、嫌な音ではない。

スズメ、ハト、カモメ、カラス……。このあたりの鳥は声と姿は一致する。ほかにも名前のわからない鳥の声がさまざま混じっている。八丁堀の役宅も、鳥の声くらいは聞こえるが、これほどではない。

雨戸の隙間から、内側の障子戸に朝の光が洩《も》れていた。藤村は目を覚ましたあとも、しばらくぼんやりしていた。

深川熊井町に借りた隠れ家である。

布袋屋が、家賃を四百文にしてくれた。これは、九尺二間の裏長屋の値段である。

礼を取らなかったことのお返しの意味もあれば、こんな住まいは借りてくれただけでもありがたいくらいに思っているのだろう。

決めた翌日には、ここに住む準備をした。準備といっても、布団を三人分に、食器などわずかな暮らしの道具を運び入れただけである。たいがいのものは、布袋屋のおちょうが使っていたので間に合った。

昨夜、海の牙で飲み、それからここに来て、三人で泊まった。

夏木はいびきがひどいというので、遠慮して一階で寝ている。そのいびきはいまも聞こえている。凄まじい音で、昨夜は「そんなこと、気にするな」と言ったが、下に寝てもらって正解だった。

隣りで仁左衛門も、もそもそしはじめた。

「藤村さん、そろそろ起きるかい」

「ああ」

雨戸を開け放った。その音で、夏木も目覚めたらしく、二階へ上がってきた。

陽は建物の後ろからさしてくる。屋根をかすめ、大川に家の影を落としていた。

大川の流れは引き潮時らしく、いくつも小さな渦を巻いている。霧か湯気かわからない白い煙のようなものを、かすかに川面から立ち昇らせながら、ゆったりと波打つように上下していた。

「なんと爽やかな朝ではないか」

　窓の手すりから身を乗り出して、藤村が言った。張り出した樹木の枝ぶりもあって、身を乗り出してもここからだと永代橋はあまり見えない。わずかに東のたもとが見えるくらいである。橋が見えたらそれなりに面白いかもしれないが、たとえ見えなくても、充分、満足のいく光景だった。

「まったくだ」

　仁左衛門が首をこきこきいわせ、

「わしも、こんな気分のいい朝はひさしぶりだな」

　夏木が大きくのびをした。

　昨夜は、この庵に名前をつけようと、最初は海の牙で、それからこっちに来て、夜中まで侃侃諤諤《かんかんがくがく》やりあった。

　夏木は〈桃春亭〉という色っぽい名を提案し、仁左衛門は〈再起庵〉がいいと主張した。藤村は〈初秋亭〉と、〈墨東庵〉の二つを出した。

　結局、くじ引きになり、初秋亭という名前が決まった。決まってみたら、三人とも納得した。

　いちばんの達筆である夏木が筆を取り、用意しておいた杉の板に書いた。横書きである。その墨もすでに乾いている。

あらためてその板を眺め、

「おいらの出した案だからというわけではないが、いい名ではないか」

「悪くはないが、ちと、わびしくはないか」

夏木は老いることを誰よりも嫌がっている。

「なあに、そのうちちょうどになるさ」

「どれ、打ち付けてこよう」

仁左衛門が板を持ち、先に階下に降りた。

黒板塀に、いちおう簡素な門がある。小さな茅葺の屋根もある。その下に飾ることにしていた。

「ここでいいかい？」

「よし、そのあたりだ」

仁左衛門が木釘を打った。

「よいではないか」

「なんだか、茶室みてえだよ」

通りすがりの連中が、大のおとなが何をはしゃいでいやがるといった顔で眺めていく。

いい気分で、もう一度、二階に上がった。

布団をたたみ、左手のほうを眺めていた仁左衛門が、

「藤村さんよ、あの柳の木だがな」

と、土手の上を指差した。

「柳だって？」

「あれは、おれたちが子どものころからあったかな」

「どれどれ」

見るとなるほど大きな柳の木が、かすかに風にそよいでいる。

上流には桜並木があったりするが、ここらは桜はない。土手の下にはけっこう木が植わっているが、土手の上には少なく、その柳は目立っている。

かたちもいい。柳にしては大木だが、しなやかさを感じる。

「どうだったかなあ」

藤村は首をひねった。

「あのころ、あったかどうかはともかく、ああいう木は俳諧の材料になりそうだな」

と、夏木が言った。柳というのは、風になびくさまに独特の風情がある。

「たしかにそうだねえ」

「おい、藤村、仁左、ここで俳諧でもやれば、次から次に名句が浮かぶぞ」

「それは、おいらもはなから思っていたのさ」

隠居をしたら、絵を描いたり、音曲をしたり、そういう楽しみを持つことが必要だと、五年前に隠居した与力からずいぶん忠告をうけた。その与力は絵を描いたが、藤村はへたくそである。俳諧なら、五七五と短いし、体力や気力が衰えても、手っ取り早くできるだろうと踏んでいたのだ。

「そういえば、あっしの知り合いに俳諧の師匠がいる」

と、仁左衛門がにこりとした。

「ほう。習うか、藤村？」

「うむ。そのほうが上達は早いだろうな」

「ただし、まずいことになるかもしれねえよ。とくに夏木さまに」

「何がだ、仁左」

「まあ、いいさ。会ってみればわかるよ」

「どこにいるのだ？」

「深川の黒江町だから、ここからもすぐだよ。飯を食ったらちょいと行ってみるか」

「そりゃあ、いいな」

相談は簡単にまとまった。

飯ももちろん、男たちでつくる。旗本の夏木など台所にすら立ったことがないが、ここではやると自分で言い出した。

お釜や鍋などは、布袋屋のおちょうがいたときのままで、そのまま使ってもいいことになっている。

とりあえず仁左衛門に教わりながら飯を炊き、昨夜、海の牙から持ってきた鯵《あじ》の干物を焼いた。

「仁左、味噌汁はどうするかね？」

「そりゃあ、ないと寂しいよ」

「味噌はあるが、具がねえな」

「前の土手になんか生えてるさ。藤村さん、適当に摘《つ》んできてよ」

藤村が、土手にまわって、つくしと野びるを一握りほど摘んできた。

「ゆがいてからのほうがいいんじゃないかな」

と仁左衛門が言い、藤村がゆがいて、一度、湯を切ったものを味噌汁にした。

男たちが、いままでしたこともない料理をしている。

「おいらたちはおかしいかな、仁左？」

と、藤村が訊いた。

「何が？」

「男のくせに自分で飯なんざつくって」

「馬鹿言っちゃいけないよ、藤村さん。落ちぶれて裏店《うらだな》の浪人者にでもなってみなよ。全部、てめえでやんなくちゃならねえ」

「そういうことだ、藤村」

「夏木さんに言われたくねえ」

二階の六畳にお膳を三つ並べ、干物とそこらに生えた雑草の味噌汁だけなのに、おそろしくうまい。

「うまい、うまい」

「まるで若者にもどったようだな」

「若いときは、腹が減って目が覚めたものだったよ」

「ああ、食った、食った」

五合炊いた飯が、すっかりなくなった。

「入江《いりえ》かな女《じょ》でございます」

と微笑《ほほえ》んだ女の俳諧の師匠を見て、藤村と夏木は目を瞠《みは》った。とくに夏木がだらしなく口を半開きにして、ごくりと生唾を飲んだ。

たいそうな美人である。

少々、面長すぎるかもしれないが、よく光る目はいかにも賢そうで、一度見たら忘れない。座ったままでよくわからないが、上背はかなりあり、小柄な仁左衛門より大きいかもしれない。

歳のころは、三十二、三というところか。

大年増だが、俳諧に凝《こ》るジジイどもからしたら、垂涎《すいぜん》ものの若さである。弟子の数も、うなぎのぼりだという。

「そうですか。熊井町に、お三人の隠れ家を……」

「ついてはぜひ、風流の道も学ぶべきではねえかと、相談した次第でして」

七福仁左衛門が前に出て、藤村と夏木は少し後ろにひかえるかたちである。

その藤村と夏木にも、まんべんなく柔らかな笑顔を送ってくれるあたりは、まったくそつがない。

「いますぐお返事しなければいけませんかしら」

いくらか困ったように首を傾ける。

「いえいえ、師匠のご都合もありますでしょうから」

「では、近日中にということで」

なにとぞよろしくと三人そろって頭を下げた。

師匠の家を出るとすぐ、

「いやあ、仁左がまずいというのは、あの美貌のことか」

と、夏木は後ろを振り向きつつ言った。

「そうさ。夢中になって、俳諧どころでなくなっちまうかも。とくに、誰かさんの場合は心配だ」

「はっはっは。わしのことか」

それくらいの皮肉は、夏木にはこたえない。

「だが、仁左、すぐに返事をくれないというのは、結局、断わるための口実じゃねえのか」

と、藤村は言った。

「うむ。わしもそう思った」

「なまじ期待すると、落胆がでかそうだぜ」

「しかし、諦めるのは悔しいのぅ」

藤村と夏木は、どうせなら会わなければよかったとさえ言いたげである。

「仁左。お前、俳諧もやらないくせに、なんであの師匠の世話なんかしたのだ？」

と、藤村が仁左衛門を詰問すると、

「たしかに不思議だ。まさか、貧乏なところに、小判で頬っぺをこしょこしょして」

夏木はうらめしそうに睨んだ。

「馬鹿なことを言うなよ。あっしの貸家の店子《たなこ》だったんだよ」

「ああ、そうか。それならわかるわな。まさか、あの師匠の面倒を見ながら、おさとを嫁にしたとしたら解せねえもの」

藤村がそう言うと、

「どういう意味だい」

仁左衛門が色をなした。

「いや、そんな悪い意味じゃねえ。おさとちゃんの愛くるしさに惚れていたら、あいうお澄まししたような女は駄目だろうと思ってさ」

「ちぇっ、何言ってるんだか。あっしの店子だったときも、弟子を取りはじめてはいたが、志願してくるのは、若くて金もねえが、あの師匠の美貌だけが目当てというヤツばっかりでさ」

「若《わけ》えやつらは、美人だったら肥汲みだって習うのさ」

「そこで、あっしが大店の隠居たちを紹介してやったんだよ」

「ふうむ」

「一人身なのか」

と、夏木が訊いた。目が真剣である。

「そうらしいよ」

「だが、面倒を見ている旦那くらいはいるだろう」

「それが聞いたことがないねえ」

「いかんな」

「何がだい？」

「物騒だ」

「婆やもいるし、犬も二匹いるそうだよ」

「ふうむ」

夏木はまだまだ訊きたいことがありそうである。

藤村にしても、何かもやもやするし、楽しみでもある。

永代橋を渡り、北新堀河岸から湊橋の手前に来た。三人ともまだ、腹一杯で、水茶屋に寄る気もしない。

ここで三人は三方向に別れることになる。

藤村は左手の湊橋を渡って八丁堀に。

夏木は真っ直ぐ崩橋を渡り、蠣殻町を抜けていく。

仁左衛門はすぐ右手の北新堀町で、表通りの店の脇を入っていく。

子どものころも、いつもここで別れた。

「では、おいらはいったん帰って、夜にでも、また出直すことにしよう」

と、藤村は手を上げた。

「あっしもそうするよ。おさとのご機嫌を取らなくちゃならねえだろうが」

仁左衛門は路地を入った。

夏木は少し顔を曇らせ、

「わしは二晩つづけてというのは厳しいかもしれぬ」

と、つぶやきながら、羨ましそうに二人の後ろ姿を見た。

二

翌朝――。

夏木権之助は、浜町堀に近い屋敷を出て、新大橋を渡り、深川の海辺橋に近い西《にし》平野《ひらの》町へと向かっている。

堀端の桜や柳の若い葉が、朝露をまとってきらきら輝いている。夏木は、昔から花のころより、新緑のほうが美しいと思ってきた。

昨夜は、初秋亭には行かず、自分の屋敷で寝て、朝いちばんで飛び出してきた。粥を一杯、急いですすったきりなので、早く腹が減りそうである。

もちろん初秋亭があるのは、熊井町であって、西平野町ではない。その前に行くところがあるのだ。

西平野町の一画にある小さな二階建ての家に、夏木は若い深川芸者を囲っている。名を小助《こすけ》という。

深川芸者はだいたい、男の名前をつけ、男っぽさを売り物にする。小助もそんなふうである。

ただし、顔は男っぽくない。顔まで男っぽかったら、夏木はげんなりする。小助は小さくまとまった顔で、目だけがいつも驚いたようにくりっとしている。その表情を見ていると、夏木は自分がでれでれしてきたなとわかるくらいである。

この半年ほど、面倒を見てきた。家を借り、暮らしの面倒を見る婆やを一人、雇ってやり、もちろん月々の手当も出してきた。

それでも、小助が自分のものになったという気がしない。

——誰か別の男がいるのではないか。

そんな疑いがある。

疑うきっかけになったのは、匂いである。

家に入ったとき、ぷぅんと変な匂いを感じるときがあるのだ。男のようでもあり、獣の匂いのようでもある。

小助は芸者をやめたわけではないから、出先で付けてくることも考えられる。だが、その匂いは家のところどころで感じるのだ。あるときは厠《かわや》で、あるときは押入れで。

それからは心配になって、ときどき朝早く、こうしてこそこそとのぞきに来たりしている。男が泊まってはいないかと。

だが、本当にほかの男が来ているところに鉢合わせしたら、どうしたらいいかわからない。正妻なら斬って捨てても非難はされないが、小助はちがう。落籍《ひか》したわけでもないので、妾《めかけ》ですらない。

——小助は本当にわしを好いているのか。

自信がない。

あっちのほうは自信がある。しつこいくらいである。だが、若者と比べてもそうなのかというと、それはわからない。

夏木は小助の家の近くまで来て、足を止めた。

家の玄関先まで行くには、細い路地をくぐらなければならないが、朝、顔を出す気はない。見つからないように、見張ればいいだけである。

それには、一本先の路地を入り、裏のほうから眺めるのがいい。このあいだ、小助の部屋にいるとき気づいたのである。

裏の路地を入り、奥にある小さなお稲荷さんの祠《ほこら》の陰から、そっと……。

婆やが起きていて、一階の部屋を箒《ほうき》で掃きだしている。

すると、小助が二階から寝乱れた格好で下りてきた。大きなあくびをし、縁側にしゃがみこむ。だらしないしぐさである。

すると、婆やが二階に行き、雨戸を開けて、布団を二階の手すりに干した。

布団は一人分。ということは、誰も来ていない。

――よかった。

夏木はほっとして、早々にこの場所をあとにした。

だが、歩きながら、次第に情けなくなってくる。

――なんであんな小娘ごとき女に翻弄されなければならないのか。

我ながら馬鹿ではないかと思う。

夏木は惚れっぽい性格である。

昔、藤村や仁左衛門たちと泳ぎまわっていたころ、漁師の娘に惚れた。このときは食欲さえなくなり、仁左衛門には見破られそうになったりした。

そういえば、俳諧の師匠の入江かな女は、あのときの漁師の娘に似ている気がする。鼻がすっと通って、切れ長の目が印象的なところ。

肌の色こそ、かな女は真っ白で、漁師の娘のほうは、真っ黒だったが。

好みの顔立ちなのだろうか。

――危ないのう。

いまは、小助がいちばんである。それにかな女が加わってきたら、どういうことになってしまうのか。

　夏木は、隠れ家のことをまだ家族に内緒にしている。

　言おうものなら、妻の志乃《しの》がうるさいことを言うだろう。それでなくても、若いときに苦労をかけたのだから、老後くらいはいろいろしてもらいたいと文句を言っている。

　子どものときは、黒川《くろかわ》という家の次男坊だったが、十八の歳に夏木家に婿養子に入った。黒川の屋敷は蠣殻河岸の近くだったが、いまの屋敷はもう少し北に行った浜町堀の近くにある。

　だが、志乃との結婚は、当人の意向を無視した婿養子ではない。二人とも、好いて好かれて、熱愛の末に、黒川権之助だったのが、夏木権之助になった。

　その志乃は変わった。

　若いときは美しかった。いまは、一言で言って怖い。

　いちばんの変貌は、口の両脇にできた皺《しわ》だろう。唇の端に、深い縦皺ができているのだ。若いときは、あんなものはなかった。それがある日、突然、現われた。

　いや、本当はそのだいぶ前からできていたのだろうが、しばらくは白粉《おしろい》なんかを塗りこめて、ごまかしていたのだろう。

それが、ついにごまかしきれぬときがきて、いっきにその恐怖を顕《あら》わにしたのだろう。

夏木に不満があるとき、その縦皺がぐっと深くなり、口が山のかたちに曲がる。

それが夏木には醜く感じられるとともに、恐怖の光景となる。

女を囲うのもびくびくものである。

そんなことをしている旗本は、ほかにいくらもいる。むしろ、いないほうがおかしい。屋敷の中に入れ、五人の妾を同居させている友人もいる。

だが、そういう男はたいがい、養子ではなく、好いた惚れたに関係なく嫁を取っている。後ろめたいものがあまりない。

夏木は後ろめたい。

惚れて入った婿養子という気持ちがある。

だから、ますますこそこそしてしまうし、こればかりは自分でどうしようもない。

夏木権之助は、小助の家から初秋亭に向かった。

仙台堀沿いの道をまっすぐ大川に出て、川沿いの道を下流に向かう。永代橋のたもとを通り過ぎ、右手にある御船蔵構の脇から土手に上がり、そのまま川沿いに歩いた。潮の香りが強い。

カモメが多い。ぎゃあぎゃあ鳴きながら、川の上を乱舞している。餌の魚の群れでもいるのか、あるいはカラスの攻撃でも受けているのか。群れている理由はわからない。そのうち、いつの間にか、いなくなったりするのだ。

熊井町のあたりまで来ると、土手の向こうに七、八人ほどの人だかりができている。

——何かな……。

と思いながら近づいていった。

すると、初秋亭の二階の窓から藤村と仁左衛門が顔を出している。

「よう」と、夏木は声をかけた。「あれは、何だ?」

「わからねえんだ。おいらたちもいま、気がついたところだよ」

少し先に行って、夏木はわけに気づいた。

「おうい、柳の木がなくなってるぞ」

と、振り向いて二階の二人に言った。

「なんだと」

「どれ、行ってみようか」

藤村と仁左衛門も出てきて、人だかりの中に加わった。

昨日まで異変はなかった柳の木が、根元から三尺ほど上を伐《き》られている。

夜のうちにのこぎりで伐られたらしい。

「何のために、こんなことをしたんだろう？」

「目印にもなって、重宝していたのに」

「焚き木にするほどでもねえし、柳じゃ板にもなるまいに」

皆、首をかしげている。

木が一本、夜中に伐られても、別にどうという支障はないのだが、それでも理由がわからないと気味が悪いのだろう。

そのうち、七十は過ぎたかに見える老人が、

「これは元々、二本植わっていたんだよな」

と、思い出したように言った。

すると、夏木、藤村、仁左衛門の三人も、

「ああ、あったな」

「そうそう、ここに二本並んでた」

「ここを目指して、泳いだこともあったよ」

いっせいに思い出した。一本だから、なかなか思い出せなかったのである。

「いつ、一本になったのかな?」

と、夏木が老人に訊いた。

「かれこれ三十年ほど前になりますか。そういえば、前のときも、朝起きたら、こんなふうに一本が伐られていましたっけ……」

不思議な話である。

二本あった柳が、三十年前に理由もわからないまま一本が伐られ、さらに昨夜、残っていた一本が突如として伐られた。

「藤村、なんか意味はあるのかな?」

「まあ、たいがいのことには意味はあるね」

「誰が、何のために?」

「どうせ暇だし、探ってみようかね」

と、藤村は切り株に手を当てながら言った。


初秋亭に戻ると、藤村と仁左衛門は、用意ができていたおひつから飯をよそった。いまから食おうというときに、外の騒ぎに気づいたのだ。

おかずは納豆だけで、それに大根の味噌汁がある。

一汁一菜でも、うまそうである。

「わしにもお相伴にあずからせてくれ」

「遠慮するな。勝手に食ってくれ」

三人並んで、朝飯に食らいついた。

「ところで、仁左。かな女師匠から返事は来たかな」

食いながら夏木が訊いた。

「まだだよ。だって、昨日の今日だもの」

「おいらたちも俳諧のひとつもつくったことがないくせに、と思われたんじゃねえのか。どうせ、スケベなだけのジジイだろうと」

藤村が納豆の糸をかきたててからそう言った。

「そりゃあ、夏木さまだけはそうだけどさ」

「おい、こら、仁左」

「だから、おいらたちもちゃんと俳諧をつくる気持ちがあるのだというのを示したほうがいいんじゃねえのか」

「どうするのさ」

「いまからつくって持っていくのよ、俳諧を」

「なるほど。熱心なところを見せるか。それはいいかもしれぬな」

と、夏木も賛成した。

「よし、じゃあ、いまからつくるか」

仁左衛門が立ち上がると、

「つくるといっても、筆や紙があるまい」

「いや、その先に筆屋があったぜ。三人分、買ってこよう」

さっそく矢立と帳面を買いそろえると、三人は川っ縁《ぷち》に出た。

「じゃあ、手っ取り早くつくって、持って行こうよ」

仁左衛門はそう言いながらも、すらすらと句を書きはじめたようである。

「手っ取り早くなんて、できるものか」

「七、五、三だったっけ？」

「おい、仁左。そんなこともわからんでつくるのか。俳諧は五、七、五に決まっているではないか」

「たいして変わりがあるものかい」

二人の怖ろしい話をよそに、藤村は題材を探そうと、土手からススキが群生している縁のところに下りた。

　土手の上から見るのと、水際まで下りて見るのとでは、また風景が違って見えるものである。

　石川島はすぐ間近に見えた。

　後ろを振り向くと、昨日まであった柳の木は、あの獄門島からもよく見えていただろうと思った。

三

「もう、句作を始められたのですか」

　入江かな女が、驚いて三人を見た。

「ええ。なんとかあっしらの熱意を知っていただこうと思いましてね。それくらい本気なわけでして」

　と、仁左衛門が三人を代表して言った。調子よく俳諧をひねり出せたので、気分が高揚しているらしい。

「それは素晴らしいですわ。じつは、前から頼まれていてはっきりしていなかった新しい入門希望の方たちがありましてね、今朝、確かめましたところ、やはり得意先にごたごたがあったとかで取りやめにしたということでした。それなので、お知らせに伺おうと思っていたところです。教えさせていただきたいと」

そう言って、入江かな女はていねいに頭を下げた。

「そりゃあ、よかった、よかった」

「じつは、諦めておったくらいでして」

「なにとぞ、よろしくお願いします」

三人も喜びを顕《あら》わにする。

「では、おつくりになった句を拝見いたしましょうか」

「いや、やはり」

まさか、すぐに見てもらえるとは思っていなかったので、言い出しっぺの藤村も急に恥ずかしさがこみあげてきた。

「でも、せっかくつくられたのですから」

と、仁左衛門の脇に置いた帳面に手を伸ばした。

わずか四半刻（三十分）足らずのうちにつくったので、藤村はやっと二句、夏木は三句をひねり出しただけである。ところが、七五三か、五七五かもわかっていなかった仁左衛門がなんと、三十句もつくってしまった。

かな女はまず、その仁左衛門の帳面を開いた。

「まあ、こんなに」

「いや、自分でも意外でした。なんだかどんぐりでも拾いに行ったように、次から次にできていくのです。もしかしたら、才能があるのかもしれませんな」

と、仁左衛門は臆面もない。

大きな字で書かれているので、仁左衛門がつくった句は、後ろにいる藤村や夏木にも読むことができた。

大川や昔おぼれて死にはぐる
大川にふんどし流す馬鹿なわし
白魚は三杯酢より卵とじ
大川で芸者尿《しと》する夜五つ
犬もきて夕陽を浴びし春の暮れ
めでたやな大川の水が酒ならば
影光る永代橋の雨あがり

豚落ちて荷舟あたりを回りけり
釣り人は夕陽の中で眠るよう
朝焼けに沖の白帆は知らんふり
つくしの子味噌汁の実で飯三杯
汐を見る富士も見えるが坂はなし
月の川夜中にそっと眺めをり
やなぎから日のくれかかる野道かな
朝の川相撲の四股名《しこな》じゃ弱すぎる
川端で柳ふらふら酔い心地
大川を隅田と呼ぶは上のほう
ここからもよくよく拝め本願寺
櫓をこいで船頭はふと富士を見る
明烏白いかもめにふられたか
烏賊《いか》釣れて蛸を食べたくなりにけり
石川島浜の真砂は尽きるとも
年老いてうれしや川のそばに住む

大雨や川端に寝る怖さかな
幽霊も川に浮かぶか夏の夜
わが庵一富士二島三で川
大川に沈みたくなる日もくるか

これらの句を読み終えた夏木が、

「仁左も、よくあんなくだらない句を見せられるな」

と、藤村に囁いた。

「まったくだ。なんだよ、ふんどし流す馬鹿なわしとは。あれでも俳諧のつもりか」

「だいたい、俳諧というのは、季節のことを言う言葉を入れなければならぬのだろう。入ってないものも多いな」

「だが、あれだけの数をつくれるというのは、たいしたものかな」

「それはたしかに」

夏木と藤村の囁きをよそに、師匠のかな女はざっと見て、

「面白くなりそうなものもいくつか」

「そうでしょう」

と、仁左衛門は胸を張った。

「まあ、こまかくはおいおいやっていくとして。ただ、こちらの句は……」

かな女は困った顔で、ひとつの句を指さした。

やなぎから日のくれかかる野道かな

「ああ、それはとくに気に入ったもので」

「蕪村《ぶそん》翁のお作……」

「あ、そうでしたっけ」

と、仁左衛門はしらばくれて首をかしげた。

「そういえば、仁左の家の屏風に、その句が書いてあったぞ。他人の句も入れていたら、そりゃあ数は増えるわな」

と、藤村は呆《あき》れた。

「いや、そういうつもりでは」

憤然とする仁左衛門を、かな女は、

「いいんですよ。初心者にはよくあることですし、真似をしていくうちに上達するのですから」

と、慰《なぐさ》めた。

「そうですよね」

仁左衛門はけろりとしている。

「こちらは」

と、かな女が奥のほうに置いていた藤村の句帳に手を伸ばした。

「はい、おいらの句でして」

句を見つめられるのは、目を見つめられるより恥ずかしいものだった。

柳の木獄門島から眺めをり

「柳の木というのは、木を入れずともわかります。どんな柳でしたか。大きな柳、あるいは若葉がきれいな柳、楚々《そそ》たる風情の柳……？」

かな女が優しく訊いた。

「ええと、青い柳でしたな」

「それなら、あおやぎとするんですよね、ねえ師匠？」

と、仁左衛門が脇から口をはさんだ。

「いいえ、それじゃあ、人のお名前みたいですよ。そうですね、若やなぎ……いや、やはり青が印象に残ったなら、青やなぎとしましょう。それで、獄門島というのは、俳諧に出てくると、ちょっと……」

「そうですよね、なんだか生首をみやげに包んできたみたいですよね」

と、またも仁左衛門が言った。

「まあ、七福さまったら。向こうの石川島から誰かが見ていたのですね？」

「そういう意味です」

藤村はうなずいた。

「では、こうしたらどうでしょうか」

と、かな女は藤村の句を朱筆でなぞった。

青やなぎ彼岸の人も眺めをり

「彼岸はお彼岸ではなく、向こう岸という意味ですが」

「なるほど、さまになりましたな」

とは言ったが、この句が示すところは、獄門島でないと、伝わらない気がする。

「さて、次にこちらの句は……」

かな女も内心はさぞかし頭をかかえていようが、涼しい顔で教授をつづけていく。

——若いのに人間ができているものだ。

と、藤村は感心してしまった。

四

俳諧の初稽古から五日ほど経って——。

うららかな陽気がつづいている。

この前日は、藤村と夏木が初秋亭に泊まり、いまは朝飯を終えて、のんびり川の流れるさまを眺めていた。

暖かい日に、川が流れるさまを眺めるのも、気持ちのいいものである。しかも、急流ではなく、海にそそぐあたりのゆったりしたさまは、いかにも春の流れというものではないか。水が清すぎず、適度に濁っているのも、とろっとした穏やかさが感じられた。

ふと、下から仁左衛門の甘えたような声が聞こえてきた。

「ほら、よおくご覧よ。おなごなんて囲ってなんざいないだろ」

戸を開けて、並んでいる草履《ぞうり》を示したらしい。草履は藤村のと、夏木のとがあるだけである。

「そうかねえ」

と、おさとの声もした。

「疑うんなら、二階にもお上がりよ」

「いや。そこまではいいよ。女の匂いもしないし」

女房のおさとが焼き餅を焼いて見に来たらしい。

「あたしは、夏木さまとはちがうよ」

などと言うのも聞こえた。

自分の名が出たものだから、

「なんだ、あいつ」

と、夏木は二階の窓から、そっと下をのぞいた。

「夏木さまは惚れっぽいから、すぐに飽きる。あたしは、お前にだって三年ものあいだ口説きつづけて、やっとうなずいてもらったくらいだよ。浮気なんかするわけねえだろうが」

「そうかい。ちゃんと、あそこも赤いままだろうね」

と、おさとが言った。

「なんだ、赤いままって？」

と、夏木が藤村を見て訊いた。

「まあ、いろいろあるのさ、仁左も」

藤村はにやにや笑っている。

「ほらな、大丈夫だろ」

どうやらまくって見せている気配である。

顔を出した藤村と、急に上を向いたおさとと、目が合った。

「あら、藤村の旦那。やだ、見てたんですか」

「お熱い文句を聞かせてくれるじゃねえか」

「聞こえました？　すみませんねえ。この人って、調子がいいので、いまひとつ信用できないところがあって」

と、照れて笑った。

「仁左は大丈夫だって。ここは、おいらが言い出して借りたところなんだ。まあ、上がってきてみねえな」

おさとも、いちおう念のためと思ったらしく、二階に上がってきた。

二階は、階段の上がり口がほぼ真ん中にあり、東側が小さな三畳、南側が六畳間になっている。通りをのぞくのは東側の窓で、景色は西にひらけている。

「おや、ほんとにいい景色」

「だろう。心配なら、おさともときどき泊まりに来ればいいじゃねえか。別に女人禁制ってわけじゃねえぜ」

「いや、そこまではしませんよ。いえ、藤村の旦那がそう言ってくれるなら、いちおう信用しますけどね」

「いちおうかい」

仁左衛門は苦笑いするしかない。

とりあえず、おさとは安心して帰って行った。

「まったく、仁左も大変だな。だが、わしのところも似たようなものだ。藤村のところの加代どのがいちばんいいな」

「おいらは、ふだんの行ないがいいもの。文句など言わさねえよ」

とは言ったが、とりあえずいまは、倅の康四郎に目が行っているだけである。そのうちどうなるかはわかったものではない。

さて――。

おさとが帰ってしばらくしたころである。

隣りの家がばたんばたんと騒がしくなった。

「なんでえ、うるせえなあ」

藤村が目を覚ました。勉強のつもりで、芭蕉《ばしょう》の句集を眺めだしたら、たちまち眠ってしまったのである。

夏木と仁左衛門は、二人で将棋をしていたらしいが、いまは窓の下を眺めている。

「なんか、改築みたいだのう」

「前は貸本屋だったが、先月くらいにつぶれたんだそうだよ」

「そうか。貸本屋が隣りにあると、退屈なときなど便利だったのにな」

藤村がそう言うと、

「隣りに何ができるのがよいかのう」

と、夏木は考えだし、

「医者はどうだ。夜中に腹が痛くなったときなどいいぞ」

と言った。

「だが、唸り声なんか聞こえてきたら嫌だぜ」

「そうだな」

「そば屋はどうだい」

と、仁左衛門が言った。

「そば屋はよいのう。食い物屋は悪くない」

「だが、夏木さんよぉ、隣りにうなぎ屋ができたら困るぜ。あのいい匂いがいつも流れてくるんだ」

「たしかに、それではいつも腹を空かせているようになってしまうのう」

くだらない話をしているうちに、

「あれ」

と藤村が耳を澄ました。

「藤村さん。どうしたい?」

「聞き覚えのある声がする」

下をのぞいてみた。

長羽織に、独特の髷。一目でわかる八丁堀の同心である。

「やっぱり菅田《すげた》だ……」

町回り同心の菅田万之助《まんのすけ》ではないか。歳は三つほど下だが、奉行所に出仕したのが遅かったので、定町回りになったのは数年前である。深川、本所界隈を担当していたので、ここらで会ってもおかしくはない。

「嫌なヤツか」

と夏木が訊いた。

「いや。むしろいいヤツさ。ただし、ほれ、声がでかい。やつとしばらく話すと、その日は夜まで耳がじぃーんとしている」

「たしかに凄いな」

さらに、通りの向こうから、町役人らしき連中と、

「あ、倅もきやがった……」

藤村康四郎までやって来たではないか。まだ、見習いなので、どこにいても不思議ではない。

「ほんとだ。康四郎さんだ」

「どれどれ、ほう、ますます藤村に似てきたな」

「なんで、あいつらがここにいるのだ？」

嫌な予感がする。藤村は気になって下りてみた。

「おい、菅田」

「やあ、藤村さん。倅どのを預かることになりましたよ」

「そうか」

こんなところでよろしくと頼むのは恥ずかしい。「しっかりやれよ」と短く言った。

「そんなことより、ここで何してるのだ？」

と、菅田に訊くと、

「いえね、このあいだまでそっちの相川町にあった番屋が、火の不始末で焼けちまってね、空き家を探したら、ここが空いてたもんで」

「では、ここに番屋が来るのか」

啞然となった。

あとから下りてきた夏木と仁左衛門も、顔を見合わせた。

「それより、父上こそ、どうしてここに？」

脇から康四郎が訊いた。

「うむ。いや、まあ」

「なんだよ、藤村。家で話したのではないのか」

「まあ、適当にな。いや、家で隠居暮らしというのもつまらぬので、仲間三人で、ここに遊び場というか、隠れ家というか、そういうのをつくったのだ」

「初秋亭……ずいぶん風流な名ですね」

と、康四郎は門の上の文字を読んだ。

「それはそうだ。ここで俳諧をつくったりもする」

「俳諧？　父上がですか？」

「当たり前だろうが。先日、つくったものを教えようか。青やなぎ彼岸の人も眺めをり、というのだ」

「父上が、俳諧ねえ」

と、二階などを疑わしそうに眺めた。

改築は急いでいるらしい。

とりあえず、土間と三畳ほどの上の間がつくられている。

また、三人が見ているところで、腰高障子に書役が、〈自身番〉と〈深川熊井町〉と八つの文字を墨痕鮮やかに書いた。〈初秋亭〉の文字が迫力負けしそうな、偉そうな筆さばきである。

「まいったな。隣りが番屋か」

と、藤村はため息をついた。

「そんなに嫌な顔をしなくても」

同心の菅田万之助が、大声で言った。

「せっかく捕り物騒ぎとは縁が切れたと思ったのだ」

「まあまあ、そう言わずに。倅の康四郎どのだって跡を継いだのだから、いろいろと助けてくださいよ」

「そうだ、藤村」

と、脇から夏木が言った。

「しかしなあ」

背中を紐でつながれているような気分である。

菅田万之助と、康四郎は、越中島のほうへと歩いていった。

「康四郎さんは、おやじの背丈をはるかに超したね」

と、仁左衛門が見送ったまま言った。

「背丈だけだ。おいらを超えたのは」

「なあに、そのうち、全部、追い越すぞ」

と、夏木が肩を叩いた。

「あの、ぼんやりしたヤツがか？」

「そっくりだよ、藤村の若いときに」

「え？」

そう言えば、藤村自身もおやじからは、同じようにぼんやりしているだのと、言われていた。父親からすれば、倅はどうしたって、じれったく思えてしまう。自分の若いときはすっかり忘れてしまうのだろう。

「そうだ。康四郎さんに、あの柳の木が消えたわけを探らせたらどうだい？　探りの訓練がてら」

と、仁左衛門が言った。

「無理だな。とくにあの手のことは、よほど年季を踏まねえと、わからねえ。暮らしの中の機微てえものは、あいまいなものでな。ある意味、殺しとか、泥棒とかのほうが、わかりやすいのさ」

「そういうもんかね」

「そういうものさ」

と、藤村は自身も嚙みしめるように言った。

五

この日——。

藤村は一日中、初秋亭の二階で外を眺めて過ごした。夏木も仁左衛門もこの三日ほどは顔を出していない。藤村も三日のあいだ、昼間はここにいたが、夜には自宅にもどっていた。

暖かいが、ぼんやりとした曇空で、こんな日は懐旧の念にとらわれやすい。

焚き火を見ていると飽きないというヤツもいるが、川の流れも飽きない。とくにこの大川の流れは、膨大な人の生が流れこんできているようである。それが人臭くもあり、悲しげでもある、独特の雰囲気を醸《かも》し出すのではないか。

暮れ六つを過ぎて、海の牙に顔を出すと、夏木と仁左衛門も来ていた。

「今日は朝からずっとあそこにいた」

藤村がそう言うと、

「あっしらがいなくて、寂しくなかったかい？」

「番屋で何か、面白いことでもあったか？」

仁左衛門と夏木が代わる代わる訊いた。

「いや、そうじゃねえ。あの柳の木が消えたわけってのは、こういうことじゃないかと思ったのさ」

一人で考えているうちに、ほとんど想像だらけの筋書きができていた。

「ほう」

「聞こうじゃないの」

夏木と仁左衛門も、干物の身をほぐす手を休め、藤村を見た。

「あの柳にまつわる話には、男と女が登場する」

「よかった、男と男の話だったら、聞きたかねえ」

と、仁左衛門が混ぜっ返した。

「歳もちょうど、おいらたちと同じくれえ。だから、いまから四十年ほど前が話の発端さ。男はそうだな、おそらくうるせえ親方に仕える豆腐屋かな」

「藤村、なんでそんなことがわかったのだ」

「いや、わかったとかいうのじゃねえ。豆腐屋ってえのは、朝早くから叩き起こされて仕事をしなきゃならねえし、主人はたいがい頑固者が多い。見習い弟子として働いたら、あれほどきつい仕事もあまりないだろう。そういう、つねに耐えつづけてきた男の人生だと思うんだ」

「それで」

「女のほうは、伝馬町あたりの旅籠《はたご》の下働きあたりかな。とくに変わった特技というのはないし、器量だってたいしたことはねえ。だけど、気働きのできるしっかり者さ」

「豆腐屋の見習いと、旅籠の下働きだな」

「もちろん、この二人は恋仲になった。それで、二人は将来、夫婦になり、店を持とうと約束をした。その約束の証拠として、あの土手に柳の木を二本植えたのさ」

「それはいいのう。わしも小助と何か植えようかな」

「男と女は一生懸命働き、やがて二人の夢が実現できそうな時が近づいた。ところが、男のほうに異変が起きた。悪い友だちがからんだか、あるいは喧嘩でカッとなったのか、男は誰かを傷つけ、お縄になってしまったのさ」

「なんとのう」

夏木はがっかりしたような顔をする。

「お裁きがあり、送られたのがそこの石川島よ」

「石川島って、あそこは、藤村さん……」

仁左衛門は異議をとなえるように言った。

「わかってるさ」

石川島は、いまでこそ江戸払い以上の追放刑になった者の中でも、人からのよい者を送るようになっている。だが、以前は無宿者を主に収監していたのである。四十年も前の話なら、男は無宿者でなければならない。

「だから、男は親から勘当された者じゃねえかな」

江戸で生まれても、親から勘当されれば無宿となる。

「ああ、そうか」

「だいたい、勘当されるようなヤツというのが、なぜか娘どもにはもてたりするのだ」

と、夏木は納得した。

「男は石川島から対岸を眺めた。すると、そこには二人が将来を誓い合ったしるしの、二本の柳が見えている。そのころには、柳もかなり大きくなっていたはずさ。ところが、ある日、それを見たら、二本あった柳が一本になっていた」

「なんでだい？」

「女が伐ったのさ。よくも、あたしたちの誓いを、くだらないことで破ったねと、怒りを示したのさ」

「そうか。三十年前に柳が一本になったと、あそこの爺さんが言ってたのは、それだったんだな」

「きつい女だのう」

「きついが、女としてもひたすらその夢のため、いろんなことに耐えてきたんだろうな。それを思慮の足りなさから、男は罪人となった。あんた、親から勘当されたくせに、まだ、そんな腐った性根をしてたんだねと」

「なるほど。怒る気持ちもわかるのう」

「だが、石川島なら出てこれるぜ」

と、仁左衛門が言った。

たしかに、石川島なら、真面目に作業に従事すれば、ほぼ五年で身元引き受け人にもどされる。ここで、鍛治、屋根葺き、人形づくり、左官、医術などを身につけ、巷にもどってから、立派に一人前になる者も少なくなかったのである。

「出てきたさ。だが、女は許さないし、男ももはや、合わせる顔はねえ。もちろん、女が住む深川にも、恥ずかしくて住めやしねえ。こうして、男と女は別れわかれになっちまったさ」

「でも、柳はずっと一本、立っていたよな」

「一本でずっと立ってたのは、あたしは一人でも毅然と生きていってみせるという女の気概を示したんじゃねえのかな。もしかしたら、誰かのところに嫁ぐこともあったかもしれねえ。それでも、あたしのほんとの気持ちは、一人ぼっちなんだよと」

藤村はそう言って、ゆっくり酒を飲んだ。女がそのあと過ごした三十年の歳月を嚙みしめるような飲みかたで。

「だが、藤村、ついこのあいだ、残っていた柳が伐り倒されたな。それも、その男と女がかかわることだと言うのか？」

「もちろんさ」

「なぜ、伐られたのだ？」

「わからねえかなあ。女が死んだのさ」

「死んだ？」

「もう、女もこの世にはいねえ。一人、生き残ってしまった男は、哀悼の気持ちをこめて、女の木を伐ったのさ」

藤村はふたたび、しみじみとしたようすで酒を飲んだ。自分の語った話にすっかり入りこんでしまったようである。

しばらくのあいだ、三人は黙って、酒を飲み、肴をつついた。この日の肴は、金目鯛の干物で、脂がのってうまい。

やがて、仁左衛門が首をかしげて言った。

「そこがわからねえよ」

「何が」

「むしろ、女が大事にした木だよ。生き残った男がその後も大事に育ててやると思うのが人情ってもんじゃねえのか」

「そうかな」

「そうだよ」

「男が生きていたらな」

と、藤村は空を仰《あお》ぐようにして言った。

「え？」

「男が女のあとを追って死んだとしたら？」

「ちょっと待て。柳の木を二人で植えたというのは、何年前だ？」

「おいらたちが子どものころだから、四十年ほど前さ」

「そこで将来を誓い合ったとして、そのあと、男が罪を犯し、何年か石川島に入り、出てきたとする。それは何年前だ？」

「まあ、わからんが、女が苦労を踏みにじられた気がして怒ったくらいだから、十年ほど後といったところだろう。つまり、いまから三十年ほど前だな」

「五年後に石川島を出たとしても、それからずっと、男と女は別れて暮らした。それで最近、女が死んで、男があとを追ったと」

「そうよ、悲恋だよなあ」

今夜の藤村は湿っぽい。

「そりゃあ無理だ」

と、仁左衛門が言うと、

「うむ無理だ」

と、夏木も同調した。

「なぜだ？」

「そんな男がいるものか。四十年ものあいだ、一人の女を思いつづけるような男がどこにいる？」

と、夏木が苦笑した。

「そりゃあ、夏木さんだから言うのだ」

藤村がむっとしたように言うと、

「それはねえ、藤村さん。あっしも、それはねえと思うよ」

仁左衛門も同調した。


この夜は藤村と仁左衛門の二人が初秋亭に泊まり、その翌朝である。

朝早くから、特徴のある大声が下で鳴り響いていた。

「おい、あの声は……」

やはり、同心の菅田万之助である。脇に倅の康四郎もいる。

「木が邪魔で入らねえだと。戸をはずせばよい」

などと言っているところを見ると、何か運んでくるらしい。

それはまもなくやって来た。荷車に載せられた遺体のようである。

しかも、変わった遺体らしい。上から見ると、その奇妙さがよくわかる。

荷車の真ん中には菰がかぶされた遺体がある。遺体であることは、突き出た足の白さなどから一目瞭然である。

だが、その遺体といっしょに、柳の木が一本、横たわっていた。

「おい、あの柳じゃねえか」

「ほんとだ」

「どうも、おいらの推量が的中してきたみてえだぜ」

藤村と仁左衛門は階段を下りて、野次馬よろしく隣りに顔を出した。

「おい、菅田。土左衛門かい？」

と、藤村はいちおう遠慮がちに訊いた。なにも奉行所の探索に首を突っ込むつもりはないのだ。

「ええ。三蔵橋のたもとに引っかかっていました」

三蔵橋《みくらばし》は、越中島の中を流れる大島川に架かる橋である。大島川は深川の水運の一角を担《にな》う川で、途中、二十間川や平野川など、複雑にわかれている。

その上流で飛び込んだのか。あるいは、大川の永代橋あたりで飛び込んでも、潮の流れの影響であっちに入りこんでしまうこともある。

「柳の木にくくられているのかい？」

「いや、くくられているというよりも……」

言いながら、菅田は棒で菰の端からめくった。

「てめえでくくったんでしょうな」

結び目が前にあり、水を飲んでいたらしい。首を絞められたようなあとも、斬られた傷もない。殺されてからくくられたのとはようすがちがうのである。藤村が現場を見ても、そう判断しただろう。

遺体は、歳のころ五十五。藤村たちと同年代である。

藤村の想像にますます合致してきた。

「懐《ふところ》にこんなのが入ってましたよ」

菅田がそれを手のひらに載せた。

「なんでえ、人形の首じゃねえか」

女の顔で、水に浸かって汚れたり、色が滲《にじ》んだりしているが、なんとも品のある顔立ちなのはわかる。

「ここに、銘が入っている」

と、菅田が首の竹の棒を示した。「秋月」とある。

「あきづきかい」

「藤村さん、それはあきづきじゃねえ。しゅうげつだ」

と、仁左衛門が後ろから言った。

「知ってるのかい」

藤村と菅田が、同時に仁左衛門を見た。

「この仏さんは、その筋では知られた人形師で、秋月という店の秋二《あきじ》じゃねえのかい。恐ろしくいい女の人形をつくると評判だよ」


それから藤村は家にもどった。先日、加代からは、

「隠れ家遊びもけっこうですが、心配するので長逗留だけはやめてください」

と、釘を刺されたのだ。

家では今日も、香道の会が開かれていた。

静かに裏に回って、北側の小部屋で横になっていたら、加代がすばやく入って来て、

「ねえ、お前さま。ちょっとここから、あの、竹の模様の着物を着たお嬢さんをよくご覧になって」

と、耳打ちした。戸の隙間から、廊下をはさんだ南の客間が見えている。

「なんでえ」

「康四郎の嫁にですよ」

「ええ」

こいつ本気なのかと、目を瞠った。

「ほら、利発そうな人でしょう」

「あの娘かい……」

黒目がちの瞳がきらきらと輝くように動く。立ち居振る舞いも、おっとりというよりは、てきぱきとしている。

「ちゃんと見ておいてくださいよ」

そう言って、加代はもどっていった。その加代とも、屈託なく笑い合っている。そんなところも、この娘が気に入ったのだろう。

夜になって、康四郎が帰ってきた。

たいして疲れたわけでもなかろうに、ぼーっとしている。だいたい子どものときから、よく言えば暢気《のんき》だが、いつもぼんやりしたような子どもだった。

——あんなしゃきしゃきした娘が、こんなうすのろの嫁にはならんだろう。

黙って親の言うことに従う娘もいるが、ああいう娘は自分の気持ちを大事にしたりするものだ。巧みに自分の好みを親につたえ、行きたくない家は巧妙に避けたりする。娘たちの智慧は侮《あなど》れないのである。

ひさしぶりに、家族三人で夕飯を取った。同心の家の夕食など粗末なものだが、めざしと汁のほかに、もらいものの海苔《のり》がついていた。

「あのあと、人形師の家に行ったのかい？」

飯の途中で、藤村は倅に訊いた。

「はい」

と答え、そのつづきは言わない。

「どうだった？」

「ええ、まあ」

「ええ、まあはねえだろう」

「でも、父上は引退なさったお方。奉行所のことを、上司の許しも得ずに、話してよいのでしょうか」

「うっ」

康四郎の言うことのほうが正しい。

脇で加代が、ぷっと笑った。

「しかし、まあ、あのとき父上たちがいたから、あんなに早く身元がわかったのだから、お教えいたしましょう」

「別に、おめえらの探索に口をはさもうなんて気持ちは、これっぽっちもねえさ。こっちは柳の木の謎がわかればいいだけよ」

「遺体はまちがいなく、秋二でした」

「やはり、そうかい」

「しかも、自分で川に飛び込んだのも間違いないようです。この数日、急に元気をなくし、弟子たちに、おれに万が一のことがあったらと、これからのことを託すようなことも言っていたそうです」

「女房、子は、いたのかい？」

藤村の気になるところである。

「いませんでした。適当に吉原などで遊んではいましたが、女房を娶《めと》ろうという気はなかったそうです」

「なんでだろうな」

「弟子がそのことについて、訊いたことがあったそうです。すると、おいらには忘れられねえ人がいるとつぶやいたとか」

「ほう」

どうやら、藤村の想像は、かなり的中していたらしい。

「菅田さんも、自殺の理由は女じゃないかと思ったらしく、そんな女がいたかどうかも訊きました。また、遺体は上がってなくても、心中も考えられると言って、秋二の周辺でいなくなった女がいないかも調べました」

「ほう」

菅田もちゃんと調べるべきところは調べている。

「菅田は、柳の木について、何か言ってたかい？」

「わからないと言ってました。もしかしたら、自分の身体を沖まで流すためにしたことではないかと」

「ふうん、沖までねえ」

木に結んだほうが沖に流されやすいということがあるのかどうか、それは漁師などに訊いてみないとわからない。もちろん、藤村にそこまでするつもりはない。

「とりあえず、今度の死には、女のかかわりはないようですね。別の遺体も見つかってはいません」

そう言って、四杯目の飯を茶漬けにして食った。

どう見たって、嫁うんぬんの話は、あと十年も先のことになりそうな、色事をまるで理解していない顔つきだった。

数日後――。

海の牙で顔を合わせるとすぐ、

「まさかなあ」

と、夏木権之助が首をかしげた。隣りで仁左衛門がにやにやしている。

「何がまさかなんだよ、夏木さん」

「いや。柳の件は仁左衛門から聞いたのだが、わしの知り合いの女性《にょしょう》が、つい最近、亡くなったので、まさかそれとは関係ないだろうと思ってな」

「誰だい、それは？」

「富岡八幡宮のちょうど裏手に、西丸御留守居役をしている佐田《さた》下総守という旗本がいるのだが」

「ああ、大きな屋敷だ」

およそ三千坪はあるだろう。深川富士の上に立つと、屋敷の庭がよく見えるので覚えていた。

「その下総守は、まだ二十二と若いのだが、母上が最近、亡くなった」

「それで？」

人が亡くなるのは珍しくもなんともない。

「その母親という人は、八重《やえ》どのという名で、絶世の美女だと言われていた。当時はまだ、旗本の藪下《やぶした》上野守のご息女だったが、若い旗本のあいだでも評判になっていてな。あの人を嫁にもらえるなら、命もいらないというヤツが何人もおった」

「夏木さまも狙っていたって？」

と、仁左衛門が茶化した。だが、誰もが想像するところである。

「いや、残念ながら、わしは会ったことがなかった。ただ、病気を理由にして、また押し寄せる縁談をことごとく断わりつづけているという噂があったのは覚えている」

「では、女はその旗本の奥さまで、男が人形師の秋二だってえのかい。ううむ」

これにはさすがに藤村も腕を組んで考え込んだ。

「しかも、八重どのをよく見知っていた者に、秋月の人形を見せたところ、そっくりだと言っておった」

「ほう……」

藤村は唸った。俄然、信憑性をおびてきた。

「あれ。まさか、その嫡男が秋二の子ってことは……」

仁左衛門が頓狂な声をあげた。

「いや、それはないな。前の当主の顔は知っているが、いまの当主の顔は、その亡くなった父にそっくりだった。あの、おかしな三角形の顔は、他人からは生まれぬ」

夏木はその顔を思い出したらしく、笑いながら言った。

「そのお方はいくつで亡くなった？」

「五十四だったらしい」

藤村たちより一つ下である。

夏木たちは、指折り勘定してみる。

「縁談を断わりつづけるのにも疲れ、ついに佐田家に嫁いだのが二十数年前か」

けっして不思議ではない。

「おい、誰だよ。豆腐屋の見習いと、伝馬町の旅籠の下働きの女だと言ってたのは」

「いや、まあ、そこは外れたがな」

というより、本当に自分で信じ込んだわけではない。遊び半分、色っぽい俳諧でもひねるつもりで考えた話である。

だが、もっと意外な話が、真実味を帯びてきた。

「だいいち、夏木さんや仁左だって、四十年も、一人の女を思いつづけることなんてありえねえって言ってたじゃねえか」

「いや、それは藤村が、旅籠の下働きで、器量もたいしたことはないなんて言ったからだ」

「そうだよ。そんな絶世の美女なら話は別だ」

「なんだよ、顔だけで恋心の長さを測るなんて、ちっと単純すぎねえか」

三人で笑い合っていると、

「あれ……」

と、調理場から安治が顔を出してきた。妙な顔をしている。

「どうした、おやじ？」

「そういえば、あの屋敷は、堀側の塀に沿って、中から木の梢《こずえ》がずらっとのぞいていましたよね」

「ああ、のぞいていた」

「あれって……」

「柳の木か」

柔らかな柳の枝がいっせいに風になびくさまは、たしかに目に残っている。外から眺められる塀際に、柳の木をずらりと並べるのは、武家の屋敷ではめずらしい光景かもしれない。

それは、あの屋敷の奥方の意向で植えられたものかどうか、わざわざそんなことを確かめることはできないだろう。

夏木権之助は、柳の木を思い浮かべながら、妻の志乃のことを考えていた。若くきれいだった女が、やがて口の両脇に怖ろしげな縦皺をつくる。それが歳月というものである。

だが、佐田の妻女と、人形職人の秋二のあいだに、歳月というものはなかったのだろうか。

もしも、佐田の妻女と人形職人の秋二とのことが、本当だったとしたら、まさにちょうど同じくらいの歳月が、夏木と志乃のあいだにも流れているのだ。

――別れたからこそ、恋心は長い命を持つのか。

すると次に、小助のことが思い出された。あいつも、そうしたほうが……。

「おやじ、茶碗酒にしてくれ」

夏木はそれを一息であおった。

隣りにいる藤村慎三郎は、師匠のかな女が手を入れてくれた句を思い出していた。

青やなぎ彼岸の人も眺めをり

佐田の妻女もずっと、柳の木を眺めていたのかもしれない。いや、思いのたけを秋二に告げていたのかもしれない。

藤村と夏木の顔を見て、七福仁左衛門が何か悪いものでも見たような顔になり、

「やっぱり、ちがうって。まさかそんなことが……」

と言った。

「いや、そのまさかがあるのが、男と女のできごとじゃねえか」

藤村は目のまわりを赤く染めて、そう言った。

安治がうっすらと笑って、

「そういうことでさあ」

と、うなずいた。

第三話　げむげむ坊主

一

深川佐賀《さが》町の岡っ引き鮫蔵《さめぞう》は、ひどく評判が悪い男だった。

町の善良な人たちにも悪党たちにも、蛇蝎《だかつ》のごとくに嫌われている。

藤村が手札《てふだ》を渡した岡っ引きではない。以前、本所、深川を担当していた藤村の先輩が与え、いまの担当である菅田万之助も使っている。

歳は五十六、七。背が高く、相撲取りのように太っている。

顔はてらてらと光っていて、いつも人の裏側をのぞきこもうとするような、横目使いの嫌な目つきをする。

ただし、鮫蔵は歯がきれいである。歯並びがよく、真っ白で、虫歯が一本もないという。もちろん、鮫のようなギザギザの歯でもない。

「あんだけ、腹が黒いのに、歯だけは白いというのは、どういうのだろう」

とは、鮫蔵の話が出たとき、必ず言われることである。

女房に髪結いをさせ、何人かの妾《めかけ》にいっしょに一軒の飲み屋をさせている。どちらもなかなかの繁盛ぶりだという。

そうした表向きの商売に加え、町の連中を脅しては、懐に金を入れさせている。

それがどれほどふんだくっているか、見当もつかない。

もともと岡っ引きというのは、そういうものである。半分、ヤクザのような、町の顔役がなる。それくらいでないと、悪党どもの動きも把握できない。蛇《じゃ》の道はへビというわけである。

だが、鮫蔵の横暴ぶりは目に余るほどだ。

このため、奉行所でも何度か、鮫蔵から手札を取り上げろという話が出た。

以前には、実際、取り上げたこともあったのだという。だが、深川界隈からぴたりと下手人が上がらなくなった。

しかも、何か後ろめたいことがある同心や与力もいて、すぐに鮫蔵の十手《じって》はもどされた。

藤村は、おやじの代から使っていた岡っ引きが別にいたので、鮫蔵を使ったことはない。だが、顔はもちろん知っているし、悪い噂も聞いていた。

その鮫蔵とばったり会った。

永代橋に差しかかったとき、急に雨脚が激しくなって、まだ早いのに海の牙に飛び込んだ。すると、鮫蔵がこっちを向いて座っていた。濡れていないところを見ると、雨を避けて入ったわけでもないらしい。

「おやおや、これは藤村の旦那じゃねえですか」

「おう、深川の鮫はこんなところまで泳ぐのかい。ここには餌はねえぜ」

「さて、そいつはどうですかね」

ふてぶてしい笑みを浮かべた。

「なんだって」

「あっしは、餌がなかったら、陸に飛び上がって、無理やりにでも餌をつくるって言われてますんでね。世間では」

「なんでえ、知ってるのかい」

「知らなかったら馬鹿でさあ」

居直っている分、性質《たち》が悪い。

「旦那こそ、隠居したのになんで深川に……あ、そういえば旦那が熊井町に隠居家をつくったとか、子分が言ってたっけ」

「相変わらず早耳だな」

「それに、今度来た見習い同心さまは、旦那のご子息でしたね」

「そうだけど、おめえにはよろしくなんて言わねえよ。深川の岡っ引きは、おめえだけじゃねえんだから」

「そりゃあそうだが、あっしが助けねえと、仕事はやりにくいですぜ」

逆に脅してきそうな口ぶりである。

「倅は倅だ。おいらの知ったこっちゃねえ」

それは本心である。

訊かれたらある程度までは答えるが、こっちから首を突っ込むことはしたくない。

「それはいい態度だ。近頃は、いつまでも倅の後押しをしたがる隠居が多くてね。そんなこと、やればやるほど、倅が情けなく見られるってことに気がつきゃしねえ」

雨脚はますます激しくなってきた。

鮫蔵は帰ろうとしない。傘がなければ無理やりにでもひったくって行くようなやつだから、傘は関係ないのだろう。

「もう帰ったほうがいいんじゃねえか。おめえがいると、客が怖がって入ってこれなくなっちまう」

「まあ、そう言わずに。ただ、お札《ふだ》を確かめにきただけですぜ」

「おふだ？　いよいよ、罪を悔やんで、信心でも始めようってえのかい」

嫌味でも言って早く帰したいが、こういう男はカエルの面に小便である。

「かわいい顔した弁天さまのお札でさあ」

藤村は、あるじの安治の顔を見た。

「なんのことだ？」

「その入り口の脇にあるやつですよ」

と、安治は店の入り口のところの柱を指差した。ほかにも火伏せの神のお札やら、千社札など、店のいたるところにお札が貼られてあるのでまぎらわしいが、かわいい顔をした弁天さまのそれで、乳を出した姿も色っぽい。

「ほう。初めて見るものだな」

「なあに、最近、深川中の飲み屋に、これが貼られてるんで」

鮫蔵が不愉快そうに言った。

「弁天さまって、一つ目橋のところのやつか？」

竪《たて》川の大川から入って最初の橋が一つ目橋で、その近くに弁天さまがあって、界隈の芸者衆などの信仰を集めている。藤村のところも、一度、七福神参りでお札をもらったことがあるが、図柄は違っていたような気がする。

「それが違うんで。げむげむ坊主てえ野郎が貼って歩いてるんですよ」

まるでゴキブリでもつまむような口調で、鮫蔵は言った。

「げむげむ坊主？　なんだ、そりゃあ？」

「願人坊主《がんにん》でさあ」

江戸には願人坊主と呼ばれる連中がごまんといる。祈ったり拝んだりしながら、お恵みをもらって歩くのだ。

その、祈ったり拝んだりする方法にひと工夫があったり、流行があったりする。

たとえば、一時、爆発的に流行《はや》った御利生《ごりしょう》という願人坊主は、将棋の駒を大きくしたような箱を持って歩いた。この箱は、狐の頭がろくろっ首のように飛び出すしかけになっていた。これを見せて、

「御利生、御利生、すてきな御利生」

なんぞと念仏のようにとなえ、銭をもらう。子どもだましであり、信仰というにはあまりにお手軽である。

そんなものに銭を出すヤツがいるのかと呆《あき》れるが、江戸というのは迷信を信じる者も山ほどいるから、けっこうもらえたりするのだ。

「願人坊主なら、何か祈ってお札を貼って歩いても不思議じゃねえだろうよ」

「だが、旦那、あっしはその野郎が、なんか気に入らねえんで。ただ、銭をもらって歩いてるんじゃねえような気がするんでさあ」

「ふうん」

と、藤村は興味がなさそうな顔をしたが、じつは鮫蔵という男は、あくどいだけでなく、独特の勘働きも持っているのだ。だからこそ、これだけ方々で評判の悪い男を、同心たちも我慢して使っているので、もしかしたら、何か悪事の尻尾をつかんだのかもしれなかった。

「もうちっと訊きたかったが、旦那がいたんじゃやりにくい。帰るとしますか」

鮫蔵は真っ白い歯を見せて、にやりと笑った。


「鮫蔵はよく来るのかい？」

藤村は、安治が出した肴に箸をつけながら訊いた。今日のお勧めで、鯛の刺身を昆布でしめたものである。もちっとした歯ごたえで、旨味があって、酒に合う。

「いや、滅多に来ねえ。弁天さまのお札を追っかけているみたいだね」

「げむげむ坊主だって？　なんでげむげむなんでえ？」

「げむげむげむげむと唸りながら来るんでさあ」

「げむとはなんだ」

「解脱《げだつ》の解に、南無の無だと」

「妙な念仏だな」

戸口でそれをやられたら、いつまでも耳に残りそうである。

「これがこぎれいななりの、三十二、三のいい男でして」

「ほう」

願人坊主はどうしてもみすぼらしいのが多い。

「朝の光を背負って、入って来られたら、なんだか神々《こうごう》しいような気がしちまってね、たいした額じゃねえけど、ついあげてしまったんで」

「でも、それの何がいけねえんだ？」

願人坊主に何かあげたことを咎《とが》められたら、江戸中の人間をしょっぴかなければならなくなる。

「なんか、気に入らないらしいんで。ほかに何か言ったかとか、尋ね人をしなかったかとは訊かれました。でも、詳しいことを言うヤツじゃありませんから」

「なるほどな」

くわしい説明などなしに、自分の知りたいことだけはすべて訊き出すというやり方もある。それはそれで、相手を不安にさせ、なんでもしゃべらせるのに効果があったりする。お上をかさに着た脅しである。ただし、脅しをつづけていては、町の連中の信頼などは得られるはずがない。

そこに、夏木と仁左衛門が入ってきた。髪の毛を見た限りでは、藤村が飛び込んだときよりはだいぶ雨も弱まったらしい。

「よう、おそろいで来たのかい」

「なあに、そこの橋のたもとでばったり会っただけさ。それより、いま、そこでうろうろしてたのは、岡っ引きの鮫蔵とかいうヤツじゃねえかい？」

「仁左も知ってたかい」

「いや、直には知らないが、深川の知り合いのあいだで、やたらと評判が悪いからね」

二人が来たので、藤村も席を移し、座敷に上がった。鯛の昆布締めのほかに、今日はトビウオの刺身がうまいというので、それも頼んだ。

「まずは一杯」

と、藤村が二人に注いだ。

「ああ、うめえ」

「たまらんのう」

　この数日、冷え込んだので、熱燗が冬よりもうまいくらいだ。

「藤村さん、鮫蔵がここに何しに？」

「げむげむ坊主を追っかけてるんだとさ」

「げむげむ坊主？　なんじゃ、それは？」

　夏木が素っ頓狂な声をあげた。

「そこにお札があるだろ。裸の弁天さまのやつ」

「ああ、あるな。色っぽい弁天さまだ。わかった、願人坊主か」

　坊主とお札でぴんとくるほど、江戸には願人坊主が多い。

「あれ、そのお札の絵、見たことがあるぜ」

　と、仁左衛門が目を凝《こ》らした。

「そりゃあ、そうだ。そこらじゅうに貼って歩いてる」

「いや、お札で見たんじゃねえ。あれ、どこで見たんだっけ」

　仁左衛門は考えこんだ。

「そんなことより、かな女師匠から宿題が出たのだろう？」

と、夏木が仁左衛門に言った。

「あ、そうだ。近々、句会に出てもらうから、雨の句をつくっておけってさ」

「雨の句か……」

藤村は立ち上がり、窓の障子を開けて、外を見た。雨脚は弱まったが、まだしとしと降っている。地面から白い湯気が立っているのは、雨が冷たいせいだろうか。

「もう梅雨入りしたのかのう。つ、ゆ、い、り、では四文字か……」

夏木はさっそく考えはじめたらしい。

「なあに、なめくじの気持ちになりゃあ、すぐにできちまうさ」

仁左衛門は、準備などするつもりはない。その場でいくらでもつくることができると、つねづね豪語しているのだ。

二

梅雨のわずかな晴れ間に、砂村《すなむら》にある深川寺の志演《しのぶ》稲荷で祭りがあった。このあたりの商人たちが集まる大きな祭りで、年々、参詣人も増えてきているという。

「お前さま、連れていってくださいな」

と、夏木権之助は奥方の志乃にせがまれた。妹の嫁ぎ先の下屋敷があの近くにあり、のんびりしていいところだと聞いたらしい。

「砂村だと。遠いではないか」

「まあ、始終、深川に行ってるくせに」

熊井町のほうか、それとも小助のほうかと、どきりとする。中間あたりに後をつけさせれば、小助のこともすぐにばれる。だが、志乃の性格だと、そんなことはしないように思える。むしろ、黙って小助をどこぞに追いやってしまうのではないか。

「信心もなあ。近頃は変な神さまも出没しているらしいからな」

「でも、信心をおろそかにすると、罰が当たりますよ」

江戸っ子は信心深い。家じゅうに神さまや仏さまが祀られ、柱や壁にもべたべたとお札が貼られている。

だからこそ、そこに怪しげな神さまもうじゃうじゃ出没するのだ。

もっとも江戸っ子の場合、信心と物見遊山がいっしょになっているので、ご利益の有無や、神仏の出自についてはうるさいことは言わない。行って拝めば、悪神だってためになることをしてくれるというものである。

「ねえ、お前さま」

「わかったよ。行けばいいのだろうが」

と、引き受けはしたが、老妻といっしょに長く歩くのも気が重い。

このあいだまでは、外出のときは家来や中間を三、四人ひきつれていたが、隠居したらそれらは倅の新之助のほうに回した。このところは一人歩きがほとんどで、妻にせよ誰にせよ、お供《とも》がいるほうが鬱陶《うっとう》しい気がする。

「舟で行こう」

「まあ、ひさしぶりに永代橋くらい渡りたかったのに」

「歩くのなら行かぬ」

「仕方ありませんねえ」

大急ぎで着替えや化粧をすませた。

深川生まれと聞いていた奥女中を一人だけ供にし、いちおう永代橋は歩いて渡り、対岸の永代河岸のところで舟を拾った。

大川から仙台堀に入り、名は三十間川に変わるが、まっすぐ抜けていき、木場《きば》の横を通って、砂村方面に向かう。

「なんて、いい気持ちだこと」

旗本の奥方など、外出はほとんどしないので、外に出ると嬉しくなる。舟の中でも、あっちこっちをきょろきょろする。

「そんなに見るでない。田舎者のようではないか」

だが、たしかに天気のよい日の舟は気持ちがいい。川沿いの木の枝を陽に透かしながら、水の上をすべっていくのは、目も心も洗われるようである。

三十間川が二手に分かれるところに来ると、北へと曲がる。しばらく進んだあたりで、舟を降りた。ほかにも舟の往来は多く、帰りの舟を拾うのにも苦労はなさそうである。

そこから田舎道を少し歩く。足元の草花も目に鮮やかである。

「あら、いま、狐が」

子どものようにはしゃぐ志乃に、

「ヘビだっているぞ」

などと意地悪を言う。

「やあね。あなた」

「わっはっは」

三十年ほど若返ったような気分になってくる。

たまにはこうした女房孝行も悪くはないかもしれない。

人だかりが見えてきた。

「こんな田舎にしては、なかなかのものではないか」

「ほんとですねえ」

稲荷の境内だけでは足りず、寺の境内や参道まで、大勢、人が集まっている。煎《せん》餅《べい》や団子などの出店も多く出ていて、いい匂いが流れてくる。ほかに、寄席や見世物小屋なども出ているようである。

「お前さま。お芝居もやっているようです。見ていきましょうか」

「馬鹿。こんなところの猿芝居など見物しておられるか」

とは言いながら、見世物小屋くらいはのぞく気になっている。

いちおうお稲荷さまに手を合わせ、出店をのぞきはじめたとき、

「あれ、夏木さま」

と、後ろから声がかかった。振り向くと、仁左衛門がおさとと並んで立っていた。

「よう、仁左も来てたか」

「どうも、奥さま。ご無沙汰しております」

仁左衛門はまず、志乃に挨拶した。夏木の家には盆暮れごとに挨拶にも行っているし、志乃とおさとも顔を合わせている。

「おさとさん、あそこの見世物小屋、のぞいてこない」

と、志乃が指差した先には、〈千住《せんじゅ》の河童・親をさがしております〉という看板が見えている。夏木には、一笑されるだけと、言い出せなかったらしい。

「いいですね。奥さま。あたしも行きたいって言ってたんですよ」

「ああ、行って来い、行って来い。

夏木は女たちを追い払った。

「どこぞに座ろう」

「そうしましょう」

夏木と仁左衛門は水茶屋に腰をかけた。

「お参りですか」

「志乃がうるさくてな。仕方がないから、お稲荷さまにしつこくなくなりますようにと祈ってきたよ」

「同じようなものでさあ」

「本当なら、初秋亭で課題の句をつくりたかったのだが」

「そりゃあ、熱心だ」

「初めての句会で恥はかきたくないからな」

「なんなら、二、三句、つくって回しましょうか？」

「え、よいのか」

「もちろんですよ。なにせ、いくらでもつくれますから」

「それは助かるのう」

「いま、つくりますか？」

「いや、いまじゃなくてよい。当日、少し回してくれたらいい」

「お安い御用で」

そんな話をしているうちに、志乃とおさとがもどって来た。河童ではなく、狐につままれたような顔をしている。

「どうだった？　河童はいたのかい？」

と、仁左衛門がおさとに声をかけた。

「それが、暗くてよく見えなかったの。ねえ、奥さま」

「ほんと。きゅうりあげてる人がいたけど、食べようとしなかったし」

「母をさがしているというのは、どうなった？」

と、夏木が訊くと、

「その子どもの河童らしきものが隅で泣いてるんだけど、小さく、おっかあ、おっかあって聞こえるのです。あれが、そのことでしょうか」

志乃が小さく笑いながら言った。今日は、口の端の縦皺が、それほど目立っていない。

「仁左、わしたちも出店でものぞくか」

と、夏木が立ち上がったときである。

なんと、小助が向こうから歩いてくるところではないか。しかも、町人らしき若い男と二人づれである。

「こ、こ、これはまずい」

慌てふためいて隠れようとするが、まわりには何もなく、うろうろするばかりである。

「お前さま、何を慌てていなさるの？」

「慌ててなぞおらぬ」

仁左衛門も小助の顔は知らないので、わけがわからない。

「いや、夏木さま、慌ててるみたいですぜ」

小助はもう、目の前である。幸い、視線は出店のほうに向いているが、真っ直ぐ前を見れば、そこに夏木がいる。

「あ、気分が悪くなってきた」

夏木はその場にしゃがみこみ、顔を伏せて見られないようにした。

「お前さま、大丈夫ですか」

「いや、ちょっと立ちくらみがしただけだ。すぐ治るから、このままにしておけ」

なんとかやり過ごそうとしたが、突然、

「あら、夏木さまでは」

小助の声である。名を呼ばれたことが信じられない。

「え、なんだって」

うつろな目を遠くに向けた。

「まあ、夏木さま。お顔が真っ青」

と、おさとが余計なことを言った。

「夏木さま、ご気分でも」

小助は近づいて、夏木の脇にしゃがみこんだではないか。

「ど、どなただったかのう」

「あら、小助でございますよ。お座敷で何度かお酌をさせていただきました」

うまくごまかしてくれるつもりらしい。

「あ、そうだったかの」

「これは、弟でございます」

弟というのが、頭を下げた。

「ああ、そうか」

ろくな返事もできない。

「では、またお座敷があったら、お声をかけてくださいまし」

小助は若い男と笑いながら、通り過ぎていった。

「お前さま、大丈夫ですか」

「ああ」

「きれいな芸者でしたね」

「そうかい」

仁左衛門がなんとなく勘づいたような顔をして、

「夏木さま。ほら、出店をのぞいてきましょうよ」

と、志乃から遠ざけてあげようとした。

だが、夏木はげんなりした顔で、

「いや、なんだか、疲れてきた。休ませてくれ」

と、立ち上がれずにいた。

砂村の祭りから二日ほどして――。

初めて句会に出席した。

「緊張しますな」

と、藤村が言った。暑くもないのに、しきりに扇子をぱたぱたさせている。

「大丈夫ですよ。皆さん、この一年ほどで始められた方ばかりですから」

いちおう、そんなところも気を遣ってくれたらしい。初心者のほうが、初心者の面倒をよく見てくれるのだという。

「お師匠さまは、今日はまた、一段と美しい」

と、夏木権之助が褒めた。

実際、紫陽花《あじさい》の花を裾《すそ》に散らした薄青い着物は、この季節にぴったりである。

「あら」

と、かな女は赤くなってうつむいてしまった。

そのようすに、夏木はひそかに目を瞠《みは》った。こんなふうに褒める男は、会のなかにはいないのだろうか。だとすると、自分は有利ではないか、などと胸のうちでつぶやいてしまう。
十四、五人ほどの会である。
身分も仕事もさまざまらしい。

武士が三人いて、いずれも地方の藩の勤番らしい。そのうちの一人は南国のものらしい強い訛《なま》りがあった。また、武家の家内と名乗った女性も一人いた。

あとは、町人が多く、深川界隈の店のあるじがほとんどらしい。一人、大工の棟梁という男もいた。

会場は、霊巌寺《れいがんじ》の裏手にある万徳寺《まんとくじ》という寺の一室である。

そう大きな寺ではないが、なかなかいい庭がつくられている。石庭ふうだが、緑もふんだんに植えられ、長く見ていても飽きさせない。

しかも小雨が降っているため、庭は清新な趣《おもむき》をたたえていた。

まず、この寺の住職が挨拶をした。

「いやあ、本日はけっこうなお客を迎えることができまして……」

この坊主も参加するらしく、やけにはしゃいでいる。歳は四十くらいか、俗っけがまるで抜けていない顔で、調子のいい笑顔を見ているうち、藤村は仁左衛門に、

「宗旨替えでも勧められそうな坊主だな」

と、ささやいた。

住職の挨拶が終わると、かな女が立ち上がって、会の趣旨を説明した。

「では、題材はすでにおつたえしておきましたが、雨ということで。今日は本当に小雨が降っております。こうして実際の光景を目の当たりにして、もしできているお作があれば、もう一度、推敲《すいこう》なさってみてください」

これでいっせいにつくりはじめるのだ。

庭の三方が渡り廊下になっていて、参加者はこの廊下をあっちこっちと動きながら、あれこれ言葉をひねり出す。

夏木と仁左衛門は、下駄を借りて、庭の中に下りた。

仁左衛門は庭を一回りするうちに、十句つくった。まだ、誰も筆すら取っていないうちである。

雨の庭狐がどこぞに隠れをり
黒々と石雨に濡れ岩になり
落雁をつまんで雨の庭に下り
笹の雨そこだけ低い音を立て

古池やかわず眠らす小雨かな
三味の音聞きはじめたる雨宿り
墓石も雨に濡れれば風情あり
梅雨さむし仏の道に迷いしか
草鞋売り傘さしてゆく梅雨の町
梅雨の日の火鉢だるまの如くあり

手帳を見て、夏木が目を丸くした。

「仁左、凄いな」

「どれか、あげますか」

「本当によいのか」

と、声をひそめ、かな女のほうを窺《うかが》った。かな女もまた、自作をひねり出すのに、真摯《しんし》な顔つきで廊下に座っていた。

「いいですとも。なあに、またつくればいいだけで」

「では、古池と草鞋売りを」

と、夏木はすばやくその二句を自分の手帳に写した。

もう一回りしたところで、師匠のかな女が、仁左衛門に声をかけてきた。

「七福さま。もう、たくさんおできになりましたの？」

「ええ、二十句ほど」

「まあ」

さすがに驚いた顔である。

「でも、数だけにこだわるのは考えものですよ。それをじっくりと練りあげて、いっそうよいものになさってください」

「ええ、それはわかるのですが、いざつくりはじめると、次から次につくらないと気がすまなくなるんです。これって、どういうんでしょう？」

と、仁左衛門は自分でも不思議であり、いささか気味も悪い。

「だって、あっしはこの歳になるまで、ただの一度も俳諧をつくってみようなんぞと思ったこともないんですぜ」

「昔から、そういう人はいるみたいですよ。寝ないで何千句とつくってみたり。七福さまもそういう才覚の持ち主なのでしょうね」

「才覚ですか。そうですか」

仁左衛門は嬉しくなり、そばで話を聞いていた藤村に、

「藤村さんの分もつくってあげようか？」と言った。

「馬鹿野郎、他人につくってもらってどうしようってんだ？」

藤村がそう言うと、夏木が気まずそうな顔をした。

「ふぁあ」

あくびをしている不心得者もいる。初心者が多いだけあって、飽きるのも早いらしい。

まだ一句もできないうちから、無駄話に興じる中年女性もいる。

「げむげむ坊主がね……」

と、女性たちが話題にしており、藤村は思わず耳を澄ました。

「飲み屋にしか来ないらしいわよ」

「どうしてだい」

「なんか、おかみさんでも探している人がいるんじゃないの？　逃げた女房かしらね」

「あんないい男だったら、あたしなら絶対、逃げない」

「向こうが逃げるってよ」

「そういや、岡っ引きの鮫蔵ってのがいるだろ」

「あのごろつきかい」

「鮫蔵が目をつけてて、このあいだは子分がいちゃもんをつけて、どうにか番所に引っ張り込もうとしたんだって。そうしたら、子分二人をはね飛ばし、走って逃げちまったんだって」

「腕が立つんだねえ……」

なかなか興味深い話である。

いつの間にか、藤村の脇に、夏木と仁左衛門も寄って来ていて、話を聞いていた。

「そういえば……」

と、仁左衛門が言った。

「仁左、どうしたい？」

「なにね、あの弁天さまの絵だけど、どこで見たのか思い出したのさ」

「そいつは凄いぞ」

「あれは彫り物の絵だったんだよ」

仁左がそう言うと、周囲の何人かが、興味深そうにこっちを見た。

「どこで見た？　湯屋かい？」

「いや、あっしは内風呂だから湯屋には滅多に行かねえ」

「どこだい？」

「なあに、たまに行く店なんだが、そこの料理人てえのが、背中にその絵の彫り物をしてたんだよ」

なんだか、話がすっきりしない。

隠しごとでもあるのかと、藤村は内心、首をひねった。

三

句会から十日ほど経ってからである。

前夜は初秋亭に泊まったので、この日、藤村は家にいた。

コンニャクの煮物を肴に、晩酌を始めていると、康四郎が帰ってきて、

「今日はおかしなことが起きました」

と、藤村と加代の両方の顔を見ながら言った。

「何です、おかしなことって？」

「とくに深川あたりで、げむげむ坊主というのが噂になっているのはご存知でしたか？」

「げむげむ坊主？　なんですか、それ」

　加代は知らなかったが、藤村はもちろん、

「ああ、知ってるよ。美男の願人坊主なんだよな」

　と、答えた。昨日なんぞは、俳諧のかな女師匠が、

「とうとうげむげむ坊主を句に入れる人まで出てきました」

　そう言っていたものである。

「げむげむ坊主が増えてきたのかい？」

「いえ、まだ一人だけですが、そいつが騒ぎらしきことを起こしたのです」

「へえ、騒ぎってどんな騒ぎでえ？」

「げむげむ坊主が、深川の飲み屋のおかみの祈禱《きとう》をおこなったのですが、そのあとすぐに、おかみは死んでしまったのです」

「どこの飲み屋だ？」

「万年町というところです」

「ああ、海辺橋のほうだな」

　そっちにはほとんど行ったことはないが、あまり風紀のよいところではなく、ときおり傷害の下手人が出たりするので、町の名は記憶していた。海辺橋は仙台堀に

かかる橋である。小名木川《おなぎ》が大川に流れこむところに万年橋があるが、万年橋と万年町とはだいぶ離れていた。

「飲み屋の名は、〈おせつ〉といい、おかみの名は、おそめと言います」

「ややこしいのね」

と、加代が言うと、

「飲み屋にはよくあることさ。おかみがほんとの名前を隠したかったのかもしれねえな」

藤村はそう言った。

だが、祈禱で死んだというのは、どういうことだろう。

「もうちょっと詳しく言ってくれよ」

藤村は、倅の康四郎に銚子を差し出した。あまり強くはないが、少しは付き合うようになっている。

「そこの手伝いの婆さんが言っていたのですが、げむげむ坊主は祈禱をすると言って、おかみさんと二階に上がりました。ずっと、げむげむげむげむという呪文は聞こえていましたが、なんだか、怪しい祈禱だったそうです」

「怪しい祈禱？」

「ええ。おかみは凄く嫌がっているのに、なだめすかすように二階に上げたのだそうです。祈禱が終わり、坊主は帰りました。おかみはしばらく、具合悪そうにしていましたが、店を開けるころになって、急に胸を押さえ、亡くなってしまったのです」

「わかりました。毒を飲まされたのですね」

と、加代が言った。

「おそらく違うと思います。というのも、何か飲んだようなあともなかったし、吐いてもいないし、肌が赤くなったり、黒ずんだりしていることもありませんでした」

それなら毒ではない。

「死人はよく調べたんだな？」

「はい。医者にも診てもらいました。医者が言うには、おそらく心の臓の発作だったろうということでした。ほかに、岡っ引きの鮫蔵もじっくり眺めていました」

「鮫蔵が見たかい？」

ああいうヤツが見たなら、ふつうの人が見逃すところも、しっかり見ているはずである。

「鮫蔵が見つけたのですが、おかみの背中には、お札と同じ弁天さまの彫り物があったそうです」

「彫り物が……」

仁左衛門が言っていたことと符合する。

「しかも、彫ったばかりの箇所もあったとか」

「ほう」

やたら謎めいてきた。

「それからしばらくして、鮫蔵は深川でうろうろしていたげむげむ坊主を、番屋にしょっぴきました。これは熊井町の番屋ではなく、佐賀町の番屋ですが」

「おう、しょっぴいたかい」

「はい。ところが、げむげむ坊主が罪を犯したような証拠はまったくありません。手伝いの婆さんなどは、祈禱をよそおった呪いで殺されたのではないかと言い張ったのですが」

「うむ、それは……」

いくらなんでも、呪い殺したというのは、お裁きでも通用しない。

「結局、菅田さまは、げむげむ坊主を解き放してしまいました。鮫蔵はだいぶ不満なようすでしたが」

「だろうな」

ずっと、げむげむ坊主を見張っていた鮫蔵である。ここでいっきに、これまでの謎を解明しようという意気込みもあっただろう。

「あれは、わたしでも帰さざるをえないと思いました。ただ……」

康四郎は酔って真っ赤になった顔で宙を睨み、

「いったい何が起きたのか、わたしにはさっぱりわからないのです。げむげむ坊主は、何をしたかったのか？　鮫蔵は何を追いかけているのか？　まるで見当もつかないのです」

と、何度も首をかしげていた。


夜になってから風が強まり、雨戸がばたばた鳴ってうるさいくらいである。

先に布団に入っていた藤村に、夕飯の後片付けなどを済ませてきた加代が、

「お前さま……」

と、声をかけてきた。

「なんでえ」

「お前さまは、おわかりなのでしょう？」

「何が」

「康四郎が疑問に思っていることですよ。そのげむげむ坊主が何をしたかったのかとか、鮫蔵が追いかけていることとか」

「………」

おそらくげむげむ坊主は、弁天さまの彫り物をした女を捜すため、深川界隈の飲み屋をまわっていた。それは、背中の彫り物が完成していなかったためで、今回でようやく完成したのではないか。

鮫蔵もそれはわかったが、その彫り物にどういう意味があるのか、そのあたりのことはまだ、わかっていないのだろう。

「どうして、教えてあげないのですか」

と、加代が言った。怒りに近いほど、非難の色合いがこもっていた。

「なんで、教えてあげなければならねえんだ」

「まあ。そうすれば、康四郎は菅田さまや、鮫蔵とかいう岡っ引きにも認められ、この先の仕事もずいぶんやりやすくなったりするじゃありませんか」

「そこが女は甘いのよ」

仕事というのは、そんなに簡単にわかってしまってはいけないのである。それは康四郎が自分の足でかぎまわり、ひとつずつ考え抜いて、自分で見つけ出さなければならないのだ。そうすることで、自分の力がついてくるので、いま、藤村が教えてしまっても、康四郎にはなんの力もつかないだろう。

「あなたは冷たい人ですね」

「そうかね」

「たった一人の息子ですよ」

もう一人、子どもが欲しいと言っていたが、ついに二人目はできなかった。

「親ならば、やれるだけのことをしてあげるべきでしょう」

加代の非難は、自分という男のすべてに対して言っているのだと思った。つまり、妻に対しても、何かしてくれたのかと。

「やれることは、もうやったよ」

藤村はやましさのような気持ちを感じつつ、もう話は終わりだというように寝返りを打った。

四

夏木が小助の顔を見たのは、砂村の祭り以来で、もう十日以上、あいだが開いていた。こんなことは、この家を借りてから、初めてのことだった。

じつは、そのあいだに二度、朝早くこの家を見張りに来ていた。間男《まおとこ》がいないか、確かめるためである。遠くから家のようすを見た限りでは、そんな気配はなかった。

疑っていた。

あの、弟という若者のことである。

動揺していたので、顔をじっくり確かめることはできなかったが、まるで似ていなかったような気がする。

その疑念のため、夏木はここ西平野町の家を訪れにくくなっていたのだ。

だが、今日は勇気を出して、小助に会い、ひさしぶりに肌を合わせた。

いまは、そのことが終わったあとである。

満足させたのか、単にしつこいと思われたのか、よくわからない。

夕方からお座敷に出るが、それまではまだ二刻以上ある。いつもなら、もう一寝入りするのだが、今日は寝るようすはない。

小助はきせるに煙草《たばこ》をつめて、火をつけた。

「おや」

と、夏木は横になったたま、顔を上げた。

「なんですか」

「煙草を変えたのかい」

「どうして」

「匂いがちがうもの」

「そんなこと、ありませんよ。夏木さまは煙草を吸わないから、おわかりにならないくせに」

「そうかな」

たしかに、藤村と仁左衛門は煙草を吸うが、夏木は吸わないので、そう言われると自信がない。

「吸えばいいのに」

理不尽なことを押しつけるのは、不機嫌な証拠である。

窓を少し開け、下の景色を見た。

この家、じつは凄く景色がいい。仙台堀に接し、向かいの蛤《はまぐり》町の明かりが水に映る。堀沿いには、桜並木もある。熊井町の景色ほど雄大さはないが、人臭く、穏やかな情緒があった。〈初秋亭〉が見つかる前、よほどここのことを教えようかと迷ったこともあったほどである。

「ところで、この前は驚いたぞ」

言うまいと思っていたが、どうしても言ってしまう。

「やっぱり疑っているのね」

「そんなことはない。ただ、そなたに弟がいるとは聞いてなかったのでな」

「それは黙っていたって、親も兄弟もいますでしょう」

親は黙っていてもいるだろうが、兄弟はそうとは限らない。

小助は起き直り、鏡に向かって、白粉を塗りはじめた。

「ああ、やだ、やだ。すっかり疑われちまって。げむげむげむげむ」

「お前まで、流行のげむげむかい」

と、夏木は顔をしかめた。


かな女師匠のところに届けものをした帰り、藤村慎三郎は油堀の脇にある小さな稲荷の祠《ほこら》の裏で、ごそごそしている男を見かけた。

相撲取りのような後ろ姿に見覚えがある。

藤村は足を止めた。

やはり、鮫蔵である。小さな生き物を抱き上げていた。しかも、その手つきが、か弱いものを抱くときの優しさに満ちていた。

「よう、鮫蔵」

「げっ、藤村の旦那」

前を向くと、抱いていたものがよく見えた。

「捨て猫かい？」

「ええ、まあ」

小さな猫である。色はあまりきれいとは言えない。茶なのか、黒なのかよくわからない。よごれたような毛色である。しかも、目が見えない仔猫らしい。

みゃおみゃおという鳴き声にも力がない。

「おい。こりゃあ育つのかい」

「なんとかね。こういうのでも、途中で、片方が見えたりすることもあるんで」

「ほう」

生き物にはくわしいらしい。

「それに目が見えなくたって、餌をちっと助けてやりゃあ、生きていけるもんで」

「そりゃあ、目の見えねえ人間だって、立派に生きていくんだからな」

「せっかく生まれたんだ。生きられるところまで生かしてやりてえもんで」

「そりゃあ、功徳だな」

　と、藤村が言うと、鮫蔵は身体を寄せてきた。

「旦那、このことは内密に」

「美談になると思ったがね」

「冗談じゃねえ。悪党たちに舐《な》められたらたまりませんや。こっちは命を張ってるんでね」

　いつもの鮫蔵の顔にもどっている。

「わかってるさ。それにおいらだって、仔猫を拾ったくれえで、鮫蔵はいい人だなんて思うほど、やわな目は持っちゃいねえよ」

「さすがに旦那だ」

「ところで、捕まえたげむげむ坊主は帰したらしいな」

「あっしは帰したくはなかったんですが」

　鮫蔵は不満だったのだろうが、同心の菅田にはさからえない。

「おいらの仲間が、同じ彫り物をしたヤツを知ってるそうだぜ」

　そう言うと、鮫蔵は目を輝かせた。

「本当ですかい」

「おいらはどうも、その彫り物ってえのに秘密があるような気がする」

「あっしもです。旦那、その彫り物をしたヤツってえのは？」

「おいらも知らねえんだ。初秋亭の仲間が知ってるだけでな」

「そのお仲間に会わせてくださいよ」

鮫蔵が必死の目で頭を下げた。

拾った仔猫を、女房にやらせているという髪結いに預けた。藤村はその鮫蔵を連れて、北新堀町の仁左衛門の家に向かった。

仁左衛門は、藤村が鮫蔵を連れているのにギョッとし、さらに、

「あの彫り物をしていたヤツを教えてくれ」

と言うと、洗濯をしているおさとに咎められないよう、慌てて通りの外に出た。

「なんでえ、仁左まで、夏木さんをならって、怪しいことをしてるのかい」

「そうじゃないよ、藤村さん。まあ、ついておいでな。そのかわり、あっしがそこに通っていることは内緒だよ」

そう言って歩き出した。

後ろからついて来る鮫蔵が、ぽつりと言った。

「ずいぶん、お若いおかみさんだ。もしかしたら、米沢町《よねざわ》ですかい？」

両国橋の広小路に近い米沢町には、江戸っ子たちに有名な店がある。〈四目屋《よつめ》〉という店である。

ここで売られているのは、長命丸《ちょうめいがん》といった閨房における薬、すなわち精力増強剤だった。

「仁左、そうなのか？」

と、思わず訊いた。

「いや、似たようなもんだがね」

蠣殻河岸を越えて、浜町堀をさかのぼっていく。

「なんでえ、夏木さんの屋敷の前じゃねえか」

千五百坪ほどはあると思われる夏木の屋敷は、自分でも言っていたように、どことなく殺風景な外観である。大名屋敷のように、こんもり繁った樹木が、通りをおおうように塀から出ていることもない。

「このもう少し先だよ」

この先は、難波《なんば》町、高砂《たかさご》町で、元吉原である。いまも、粋な店は少なくない。

高砂町の通りを曲がりかけたところで、異《い》な匂いが流れてきた。途端に、ぴんときた。

「あ、あれか、仁左」

「わかったかい？」

「百獣《ももんじ》だ」

「そういうことで」

百獣屋は、獣の肉を売る店である。獣をさばいて、肉を包んで売ったり、そこで調理したものを食わせたりもする。いくつか有名な百獣屋があるが、その店は今年になってから、新しくできた店である。

藤村はこのあたりは本所からの帰りに何度か通っていたが、やめるまぎわにできた店だったので、頭に刻みこまれなかったらしい。

「なるほどなあ。精はつくが……」

「言いにくいでしょう」

「そりゃあ、このあいだの句会でも、まわりにいたのは百獣などと言ったら、ひっぱたかれそうな年増ばかりだったからな」

「そういうことで」

店はかなり繁盛している。

通りに面したところに、大きなまな板が二つ並べられ、料理人が二人、猪《いのしし》をさばいていた。

「仁左、どの男だ？」

「ほら、左の」

鮫蔵を押し出そうとしたとき、鮫蔵が妙な顔をしているのに気づいた。

「おめえ、どうしたい？」

「いや、あっしは、こっちのほうは駄目なんで。あの、毛むくじゃらの肌と臭いが、どうにも猫が剝《む》かれているような気がして……」

「えっ」

仔猫といい、これといい、今日はこれまでの鮫蔵の印象が、ずいぶんくつがえった。

「なんだか気分も悪くなってきたようで」

青い顔をして吐きそうである。

「では、どうする、おいらがかわりに訊いておくか？」

「そうしていただけると」

藤村は馬鹿馬鹿しかったが、ここで帰るのもなんである。

料理人は腹がけの背中ががらあきで、弁天さまの絵が見えている。

仁左衛門はおなじみらしく、わけを言うと、すぐに話をしてくれることになった。

仁左衛門はついでに猪の鍋を食ってゆくというので、藤村も付き合うことにした。

「変な彫り師だったよ。銭はいらねえ。ただし、弁天さまを彫らせてくれだもの。あっしは商売柄、猪や鹿を彫ってもらいたかったのによ」

と、料理人は自分でも猪鍋をつつきながら、そう言った。

猪鍋は初めてではないが、ここのは醬油味なのにうまく臭みを消していて、たいそううまいものだった。

「ただより怖いものはねえからな」

「ああ、彫ってる最中、ずっとげむげむとつぶやいてるんで。気味が悪いったらなかったですぜ」

「よく、見せてくれるかい」

「どうぞ、見てくだせえ」

料理人は後ろを向いた。

だが、よくわからない。お札よりは多少、細かく描きこんであるが、あの弁天さまでである。これのどこに、未完成の彫り物を探し求めた意味があったのか。

「おぉい、鮫蔵。やっぱりおめえが見なくちゃわからねえよ」

鮫蔵が手拭いで口を押さえながら、近づいてきた。

絵を眺めている目つきは、まさに深川界隈で恐れられている鮫蔵である。

やがて、何か見つけたらしく、

「これ、ここ」

と、指を差した。

「ん？」

「数が入ってるんで」

弁天さまの台座のところに、隠し文字のように、七十二という数字が入っていた。

絵暦に使われるおなじみの隠し文字である。

「こっちを見てわかりましたぜ」

「何が」

「あの女の弁天さまには、百と入ってました」

「百？」

「こっちは七十二番目で、死んだ女が百番目。もしかして、野郎、なんか願《がん》をかけやがったのかな」

　鮫蔵はだいぶ核心に迫ったような、輝きのある表情になっていた。

五

げむげむ坊主の住まいが深川であったなら、鮫蔵はまちがいなく、三日と経たずにげむげむ坊主を見つけ出していただろう。

　ところが、菅田万之助に告げたのは、芝《しば》の増上寺《ぞうじょうじ》のあたりだという。鮫蔵も伝手《つて》をたどり、あのあたりの岡っ引きにも協力してもらっていたが、なかなか行方がわからないようだった。

　おかみの変死から半月ほどしたころである。

　事態は意外ななりゆきを辿った。

　この日、薄曇りの空の下、永代橋の上を、必死の形相で駆けてくる坊主頭の若い男がいた。

　その後ろには、刃物を隠し持ったいかにもやくざ者といった男がついてくる。

　すでに、若い男はどこか刺されているらしく、背中から腰にかけて、たっぷり血がにじんでいた。

「待て、この野郎」

やくざ者が今度は肩のあたりを突いた。

若い男は大きくのけぞったが、それでも橋の上を走った。

倒れたのは、永代橋を深川のほうに渡りきったあたりだった。そのまま、息を引き取ったらしかった。

「こら、待て」

やくざ者はようやく事情に気づいた橋番所の番人や、通りかかった武士に捕まえられた。

最初に駆けつけた岡っ引きの鮫蔵は、このとき初めて、殺された若い男が、げむげむ坊主であったことに気づいた。いつもの、白い着物ではなく、紺の着物に袴《はかま》をつけていたので、それまで誰も気がつかなかったのである。

鮫蔵はすぐに、やくざ者の身柄を熊井町の自身番に入れた。まもなく、定町回り同心の菅田万之助が、康四郎ともども駆けつけてきた。

この日、藤村は夏木権之助と二人で、初秋亭に泊まっていた。それに気づいたらしい鮫蔵は、取調べが始まる前に、子分を使いに寄越して、外で話を聞いておいてくれと頼んだ。菅田も承知したという。

それは、鮫蔵なりの好意のようだった。藤村も、事実を摑みきれていないもどかしさがあるはずと察したのである。

「やい、てめえ。なんでげむげむ坊主を刺しやがった？」

鮫蔵がまず、話を訊くことになったらしく、ドスの効いた声が響いた。障子が半開きで、中の声はすべて聞こえてくる。

「この野郎は、お家再興だかなんだか願をかけたらしく、百体の弁天さまを彫っていて、おれを九十九番目に彫りやがったんだよ」

「それが悪いのか」

「百で願いが叶うときの九十九番目ってえのは、悪いことが全部かぶってくるのさ」

「そうなのか」

鮫蔵が納得いかないという声を出した。藤村も、そんな話は聞いたことがない。

「げむげむの教えではそうなんだとよ。ふざけやがって。この先、おれにはいいことなど一つもねえのさ。だから、ぶっ殺してやったのよ」

「どれ、彫り物を見せてみろよ」

やくざ者は背中を見せたらしい。

「なるほど、九十九と書いてあるな」

「そうだろうよ。本当なら、おれが百番目の、縁起のいい当たりの番になるはずだったのよ。それが、八十何番目だかの女が、あんまり肌がきれいなもんで、百番目のあがりにすることにしたんだ」

「へえ、そうなのかい」

「ああ。でも、女は気味が悪くて逃げちまった。それを、さんざん探しまわり、ようやく百体の弁天さまという願いを叶えやがったんだ」

「こいつは、何の願をかけたのだろう」

「それについちゃあ、彫りながらてめえでしゃべってたさ。この野郎、なんでも田舎の小藩の侍だったそうだ。だが、藩は取り潰しに遭《あ》い、江戸勤番だったこの野郎もお払い箱になった。そこで、つぶれたお家の復興を願って、げむげむさまに、百体の弁天さまを彫るという願かけをしたらしいや」

「そうだったのか」

「こいつ、必死だったぜ。もし、お家の復興が叶わなかったら、教祖を殺すとまで言っていたからな」

ここでしばらく話が途切れた。

鮫蔵が、菅田や康四郎と話し合っているらしい。

重大な疑念がわいてきたのだ。それは、外で聞いていた藤村にも浮かんできた疑念だった。

「おめえ、九十九番目の話は誰に聞いたんだ？」

と、菅田万之助がいつもの大声で訊いた。

そうなのだ。まさしくそれが不思議だった。おそらくは嘘っ八である九十九番目の悪運の話など、誰がもっともらしく言い聞かせたのか。

「げむげむ経の信者とかいうヤッさ」

「どこで会った？」

「おれっ家《ち》を訪ねてきたのよ。どうも、百体の弁天さまを誰に彫ったかはわかっているみてえだったぜ」

「…………」

おそらく、鮫蔵の胸にも、菅田の胸にも同じ推量が浮かんできているはずだった。康四郎だけが、気づかずにいるのか。

この男はあやつられたのだ。

願いが叶わなければ教祖を殺すとまで言っていた者を、逆に始末させられてしまったのだ……。

「もうひとつ、わからねえことがある。なんで、あの野郎は永代橋を渡ろうとしていたかだ。おめえ、あいつをどこで刺したんでえ？」

と菅田が訊いた。

「芝三島町の野郎の長屋の前ですよ。腕が立つと聞いていたので、朝方、寝起きのところをぶすっと刺してやった。そしたら、この野郎、とっとこ駆け出しやがって、永代橋まで逃げてきやがった。あれだけ血を流しながら、あんなに走るなんて呆れた野郎だぜ」

「なんで、こんなところまで来たんだよ？」

今度は、鮫蔵が怒鳴った。

「知らねえよ、そんなことは」

やくざ者もそれは知らないらしい。

と、そこへ、

「あの……」

「どうした康四郎」

倅のとぼけたような声がした。藤村の脇を、隣りで聞いていた夏木が指でつついた。

「これはわたしの推量ですが」

「うむ。遠慮なく言え」

藤村は、自分がひどく緊張してくるのを感じた。できれば初秋亭へと退散してしまいたかった。

「げむげむ教の教祖が、深川にいるからではないでしょうか？」

緊張がすぅっと溶けるのがわかった。それは、藤村の推量と同じであり、教祖がやくざ者をあやつったこともちゃんとわかっているという答えだった。

藤村は微笑みがこぼれるのを、抑えることができなかった。


「遠慮は、なしですぜ」

と、鮫蔵が笑いながら言った。

戸口をくぐると、薄暗い中に女が何人もいるのがわかった。

飲み屋とはいえ、海の牙などとはまったく雰囲気がちがう。ここは、深川一《い》色《しき》町で鮫蔵がやっている店だった。

「いっぺんでいいから、来てくださいよ」

鮫蔵に誘われた。

以前なら絶対に断わっただろうが、今度の一件で鮫蔵を厭《いと》う気持ちはなくなっていた。

戸口の提灯に書いてあった店の名が凄い。〈甘えん坊〉というのだ。

「鮫蔵さんの店とは思えねえ名だね」

「馬鹿言っちゃいけねえ。あっしが、こんな名前をつけますか。女がつけたに決まっている」

鮫蔵が手を上げると、女の一人がやってきた。若くはない。美人でもない。だが、酔った男の愚痴を馬鹿にしたりはしない、おおらかであり、だらしなくもある居心地のよさを感じさせる女だった。

「いらっしゃい、旦那。昔から、鮫蔵は噂してたんですよ。ぜひ、おれのことを使ってもらいてえ旦那がいるんだって」

「おい、余計なことを言うんじゃねえ。いちばんいい酒を持ってきな。おう、樽を割ってかまわねえよ」

その酒はたしかにうまかった。海の牙の〈竹林〉とはまたちがった爽やかな辛さがあった。

最初に出てきた肴は、タケノコとワカメを煮たものだが、これもうまかった。多少、柄が悪すぎるところはあっても、どうやら、酒も肴もしっかりしたものを出す店のようだった。

お互いすぐに茶碗酒になった。

「旦那、あっしの狙いは、げむげむ坊主なんて、あんな小者じゃねえ。どうも、江戸にはろくでもねえ神さまをおっつけて、大金をねだったり、くだらねえことをやらせている悪党がいやがるようなんで」

「それが、げむげむ教の教祖なのか」

「おそらくね。あっしはこの数年、そっちを追っかけているんでさあ」

「だが、神だの仏だのを持ち出されると、面倒だな」

「そうなんで」

町方では動けなくなることもあるのだ。

「しかも、げむげむの教祖は、かなり悪智恵がまわるみてえで」

「そりゃあ、おめえみたいなヤツじゃねえと退治できねえ悪党もいる」

「旦那。悪党同士で相打ちになってくれると助かるとでも？」

「そこまでは言わねえよ」

「本当なら、旦那にあと何年かやってもらって、げむげむの正体をあばきたかったんだけどね」

「買いかぶりすぎだぜ」

神仏のことは難しい。人間のいちばん深いところに触れてくる。

あとはくだらない馬鹿話になり、一刻ほどは経ったのか。

「さて、ごちになった。そろそろ帰る」

藤村は立ち上がった。気持ちのいい酔いが、腹のあたりをそよいでいる。

「今日はわざわざありがとうございました」

「鮫蔵……」

戸口の前で藤村は立ち止まった。

「何か？」

鮫蔵が訊いた。

「いや、いい」

そのまま帰ろうとした。

すると、鮫蔵は笑ってこう言ったのである。

「旦那。言わなくてもけっこうですぜ。ちゃんと聞こえましたから。倅のことはよろしくってね」

翌朝——。

八丁堀の自宅で目覚めた藤村が、顔を洗うのに井戸端に出ると、ちょうど雲のあいだから、朝陽が差してきた。ここは庭は狭いが、朝陽だけはまっすぐに差してくる。

その朝陽を拝み、ぱんぱんと柏手を打った。

「あら、めずらしい」

と、後ろで加代の笑い声がした。

「お天道さまを拝むのがいちばんだぜ」

こんなに素晴らしいものが天にあるのに、なんでげむげむなんてものを拝まなければならないのか。

「そうなんですか」

「賽銭もいらねえしな」

と言って、藤村は大きく伸びをした。

康四郎が起きてきて、素振りをするため庭の隅に向かうのが見えた。

第四話　雨の花

一

雨脚が激しくなってきた。

梅雨どきの雨ではない。真夏の夕立のようである。地面にはあっという間にいくつもの流れができ、堀に向かって走り出していた。

七福仁左衛門は足を止め、あたりを見回した。

ちょうど、お稲荷さんの祠があった。すこし大きめの祠で、屋根の庇《ひさし》が張り出している。傘はあるので、身体半分でも軒下に入れば、濡れるのは防ぐことができる。

「ちょいと、軒《のき》をお借りしますよ」

お稲荷さんに声をかけ、祠の脇で腰を下ろした。狐の石像が激しく雨をはじいている。視界を霞《かす》ませるほどの雨を眺めながら、ため息をついた。

仁左衛門は憂鬱だった。身代をゆずった息子の鯉《こい》右衛門《えもん》と、朝っぱらから言い合いになったのである。

「身代をあたしに譲ったのだから、おとっつぁんはもう口を出さないでください」

と、鯉右衛門は言った。やけに自信たっぷりの口調だった。子どものころは、うつむいてモソモソ話すようなヤツだったのに、いつの間にこんな自信がついたのか。怒りの中に、嬉しい気持ちも少しあった。だが、

「もう、時代が違うんですから」

と言われて、なんだと、という気になった。

「あたしにだって、まだ、七福堂をつづけていく責任があるんだよ」

と仁左衛門は言い返した。

喧嘩の原因はこうである。

店で仕事を頼んできた小間物職人を、息子が勝手に替えた。替えられたのは、もう三十年近く仕事を頼んできた新二《しんじ》という職人で、腕もしっかりしていた。ただ、賃金は少しずつ上げてきたので、高めにはなっていた。新しく頼んだ職人のほうは、仁左衛門がまったく知らない職人だった。

「値段だけで決めちゃ駄目だ」

と、仁左衛門は強く言った。それは自信があった。

真剣に仕事をすれば、それだけの賃金も取る。逆に、安ければどこかで手を抜こうとする。安かろう、悪かろうでは、そのうち客に馬鹿にされる。近頃は、やたらと高いものか、べらぼうに安いものか、極端になっている気がする。それはけっしていいことではないだろう。七福堂はそれほど見栄えは豪華ではないが、ある程度、値が張り、そのかわり長く愛用できるしっかりしたものを基本に扱ってきたのだ。

だが、息子の鯉右衛門は、

「客は長持ちするものなんて求めていないんです。もちろん、高いものは長く大事に使う。でも、そのとき、気分を楽しんで、飽きたらぽいっと捨てられるものも、同時に欲しいんです。いいものと、ポイ捨てできるものと、あたしはできれば店を二つに分けたいくらいですよ」

「店を分けるだって？」

「ええ。たとえば、一福堂と、お多福堂とに分け……」

「一福堂と、お多福堂だと……」

仁左衛門は目を丸くした。

「たとえばですよ。一福堂では高級な品物だけを扱い、お多福堂ではとにかく安いというものを扱うんです。のれんに縛られては駄目になってしまいますよ。その利益の出し方というのはこうです。一福堂では、ひと品あたり……」

仁左衛門の息子はやたらと数字に強い。帳簿を広げ、こまかい数をあっちこっちから出してくる。自分の店だけならまだしも、よその店の数字まで覚えていたりする。

どうも、一部分の回転がやたらとなめらかになるというのは、自分の血を引いたのかもしれない。いや、おやじの金右衛門《きんえもん》にもそういうところがあった。金右衛門は他人の生まれた年を覚えるのが得意で、霊岸島の住人は全員、年を知っているというのが自慢だった。集中すると、次々に俳諧がわいて出てくる自分の才能も、もとはそういう変な血によるのかもしれない。

話し合いの決着はつかなかった。

だが、職人はすでに替えてしまっている。そのため、深川永堀町《ながほりちょう》に住む職人の新二のところに、侘《わ》びとことわりを言ってきたのである。必ず戻ってくることになるはずだから、ちょいとだけ勘弁してくれ、と。

幸い、新二のほうもまるで注文がなくなったわけではなかった。とりあえずはしのいでいけるというので、すこしは気が楽になった。時代が変わるんですかね、いや、そういうやり方は昔からあったんだと、最後は二人でひとくさり、金だけに目の色を変える連中をけなし合ったものである。

仁左衛門は煙草を取り出した。火種を持ってきてよかった。

火つきは悪いが、どうにかつけ、一服した。

雨の中を、青い煙が流れていく。

――あたしは、隠居が早かったんじゃないか。

ふと、そう思った。だいたい、怠け者以外に、隠居したくてするヤツなんているのだろうか。仁左衛門は、怠け者ではないことには自信があった。

――夏木さまや藤村さんは、どうなのだろう？

とも思った。

仁左衛門は、いまの暮らしに大きな不満があるわけではない。いい景色の隠れ家が見つかったのは望外の喜びだった。俳諧もふくめて、これからの暮らしに潤いが生まれた気がする。二人の幼なじみとともときには喧嘩したりすることもあるかもしれないが、ずっと付き合っていけるはずだ。

ただ、それは隠居をしなくてもできたのではないか。一部の商《あきな》いはまかせても、全部の身代をゆずる必要はなかったのではないか。そうしておけば、今日のような嫌な思いも、味わわなくてすんだはずだった。

もう一服、火をつけた。

ぼんやり、油堀を眺めている。

黄昏には少し早い。

だが、雨のせいで薄暗く、人けもほとんどなかった。

雨脚は少し弱まり、向こう岸も見えるようになった。

そのとき、油堀をはさんだ河岸の右手から、よく目立つ紫色の傘がやってきた。

手前にあじさいの一叢《ひとむら》があって、青色が鮮やかだが、その青が見えなくなるくらい、きれいな紫色だった。さしているのは、武士である。

その紫の傘が、仁左衛門が真っ直ぐ見ているあたりで立ち止まった。反対側から、別の男がやってきて、立ち止まった。こちらは、恰幅のいい町人で、傘も派手な色ではなく、普通の渋紙色の唐傘である。

二人は、向かい合ったまま、何か一言二言話したような気もする。このときは、ただぼんやり眺めていただけだった。

五月雨や傘の花咲く油堀
傘の花船にも咲きし梅雨の川

村雨に傘の花煙る茫々と

そんな句さえ浮かんだくらいである。

そのとき、突然、紫の傘をさした武士が、向き合った町人を斬ったのである。

武士は傘をさしたまま、すなわち片手で、刀を抜き、真横に払った。相手も傘をさしていたが、その柄《え》ごと、喉《のど》を断ち切った。町人は声を上げることもできず、昏倒した。一瞬、赤い血が煙のように雨中を流れたのも見えた。

仁左衛門は、何が起きたのかわからなかった。

それから、ゆっくり立ち上がり、

「こ、殺しだ」

と、大声を上げた。

「殺したぞ、あの男が斬ったぞ」

斬った武士は、傘をさしたまま、河岸を大川のほうに駆けた。

顔は見えないが、おそらく若い。身のこなしが若々しい。

下駄ばきだが、大川まで駆けた。

仁左衛門はこっちの岸を武士を追って走った。驚いたせいで、足ががくがくする。

だが、武士は佐賀町河岸のところに舟をとめていた。仁左衛門が河岸の上に立ち、左右を見回し、武士の姿を見つけたときは、すでに大川に漕ぎ出していた。舟はどしゃぶりの中ですぐに見えなくなっていった。

「待て、こら」

仁左衛門は一瞬、飛び込んで泳ごうかと思った。だが、大川ではずっと泳いでいない。雨で水嵩《みずかさ》も増している。あわてているので、溺れてしまうかもしれない。水辺であやうく思いとどまった。

「た、た、大変だ」

次に仁左衛門は、熊井町の番屋に走った。この近くにも番屋はあったはずだが、動転しているのですぐに思い出せない。

熊井町の番屋に、

「辻斬りだ。油堀のところだ」

と飛び込むと、茶飲み話に興じていたらしい顔見知りの二人の町役人が、いったんはぎょっとした顔をしたが、すぐに壁の武器をつかんだ。一人は仁左衛門と同じ歳くらいで弥之助《やのすけ》という男だったが、もう一人は若く体格もいい。

「あっしにも貸してくれ」

と言いながら、仁左衛門は長十手をつかんだ。だいぶ前だが、やはり町役人をしていたころ、十手術を習ったことがある。教えてくれたのは、芝神明の岡っ引きで、半五郎《はんごろう》という男だったが、筋がいいとほめられたりもした。

「こっちだ。油堀の向こう岸だ」

三人で雨の中をばしゃばしゃ音を立てながら走った。前を行く若い男がしきりに泥水をはねあげ、それが顔にかかってきた。

「あれだ」

さっきの男が倒れていた。死んでいるのは間違いない。

男のそばで、老婆が腰を抜かしそうにして立ち尽くしている。そのもっと後ろには、若い娘が袖で口をおさえながら、目を見開いていた。

「斬ったヤツはどっちへ？」

弥之助が訊いた。

「向こうの河岸から、大川を、おそらく向こう岸に」

誰かが知らせたのだろう、加賀町の番屋からも二人、駆けつけてきた。

とりあえず筵《むしろ》がかぶせられた。雨はだいぶ小止《こや》みになってきたが、流れ出た血は次々に流されていき、赤い色も失いつつあった。

半刻ほどして、定町回り同心・菅田万之助と、見習いの藤村康四郎もやってきた。遺体は検分を終え、最初に知らせた熊井町の番屋ではなく、近いほうの加賀町の番屋に運ぶことになった。

ここで仁左衛門は、すでに顔なじみの菅田万之助から、斬った武士の特徴を訊かれた。だが、傘で顔は見えなかったのである。

「身体つきから見て、若い感じはしました。それと……」

瞼《まぶた》の裏で、傘の花が開いた。

「どうしたい」

「男はあまり使わないような、やけに派手な色の傘をさしてましたっけ」

派手な色の傘はこのところ流行《はや》っていて、とくに目をとめるほどではない。だが、男が持っていれば、いくらか目立ちはするだろう。

「派手とはどんな色だ？」

「鮮やかな紫色でした」

「紫とな」

「それも、紫とはいっても、江戸紫じゃない。あまり見たことがないたぐいの紫でした。あれは、何紫というんですかね……」

小間物も色が大事なので、仁左衛門はふつうの男よりも色には詳しかった。だが、あの色の名前は知らない。

殺された町人の名は、仁左衛門がここの番屋にいるあいだにわかった。ここからも近い深川富久町の料理屋〈川長〉の隠居で、喜助《きすけ》という男だった。


それから一刻（二時間）ほどして――。

仁左衛門は海の牙にいた。奥の畳敷きはふさがっていて、腰掛けにしたり、肴を載せる台にしたりする酒樽が並ぶ中で、藤村、夏木と三角のかたちに座った。真ん中にはちろりで燗《かん》をつけた酒と、キスの糸造り、タラの芽の天ぷらが載っている。

ひとしきり、仁左衛門の辻斬りの目撃談を聞いてから、

「それはむごいものを見たな」

と、夏木権之助が言った。夏木は堂々たる押し出しで、相手もそのために遠慮がちになってしまうが、じつは争いごとなどは好まない。刀よりも弓矢を好むのも、血を近くで見なくてもよいからだと告白したこともある。

「右手一本でかい？」

元八丁堀の同心・藤村慎三郎は、どうしても昔の癖が出てしまう。つい詳しく訊

いてしまうのだ。

「そうさ。抜きうちざまにこうだよ」

と、仁左衛門は剣を横に振る真似をした。

「そりゃあたいした腕だな」

まさに豪剣だと、藤村は思った。

藤村は最近、剣さばきに関して迷っている。かつては自分も豪剣型の剣士だった。重く太い剣を好み、力で圧倒しようとした。むしろ、小技や小細工は軽蔑してきた。だが、力が落ちているので、昔のような剣さばきでは、若い者には勝てないだろう。それで、いろいろと工夫しているところである。

「だが、腕はいいが、嫌な斬り口だな」

藤村はさらに言った。

「嫌な、とはどういう意味だ?」

と、夏木が訊いた。

「片手で、しかも傘の柄ごと斬るような斬り方はどこか常軌を逸したものを感じる。そやつ、狂気にとらわれたようなやつかもしれぬ」

「なるほどな」

「だが、変だな」

さらに藤村は言った。

「何がだ」

「おいらには、派手な傘ってえのがひっかかる」

たしかに江戸では派手な色の傘が流行っている。それでも大方は渋紙色の唐傘であり、それよりも蓑笠《みのかさ》のほうが多い。ましてや男がさしていれば、やはり目立つのである。

「辻斬りなら、目立たない格好をするのがふつうじゃねえか」

藤村がそう言うと、

「いや、目立ちたがりの辻斬りだっているのだ」

夏木がそう言い、

「おかしな若者があらわれるご時世だもの。狂気にとらわれていたらなおさらだよ」

仁左衛門も夏木の意見に与《くみ》した。

そこへ、板場のほうで腰かけていたあるじの安治が、

「藤村さんは、探索癖が抜けるまで、ずいぶんとかかるだろうね」

と、声をかけた。

「冗談じゃねえ。おいらは、もう町方の事件に首を突っ込むのは嫌だよ」

藤村はそう言ったが、自分の未練を指摘されたような気がして、すこし恥ずかしくなった。

ふと店の隅から声がした。

「暑いときには辻斬りがいちばん」

えっと、藤村たちは声がしたほうを見た。入り口近くの樽に、藤村たちよりはいくらか歳のいったふうな男が一人、腰かけて酒を飲んでいた。さっきまでは、あいだに大声でわめく連中がいたので、この男には気がつかなかった。

「おっと、そりゃあ辻斬りではなく、くずきりか。馬鹿なことを言ってる場合じゃねえ。斬られた人もいるんだから。辻斬りに斬られる人もあれば、雨に降られる人もいて、知られて困る女もいるさってね……」

一人でしゃべっている。こっちにケチをつけるつもりでもなく、単に小耳にはさんだ言葉で、駄洒落を言っているだけらしい。

「あの大将、ご機嫌だな」

と、夏木が安治に言った。

「ええ。ここんとこ、贔屓《ひいき》にしてくれましてね。三日に一度は来てますね」

「そうかな。会うのは初めてのような気がするが」

「ああ、そうですね。いつもは、もっと遅く来るので、夏木さまたちとは行き合わなかったかもしれません」

ゆで玉子のようにつるりんとした顔である。鼻が赤くなって、青黒く血管が浮いている。明らかに酒にやられているようだった。

二

四、五日は雨の降らない日がつづいた。梅雨の晴れ間で、心が晴れ晴れするような快晴の日だった。だが、この日はまた、雨になった。
夏木権之助は、深川西平野町にある、深川芸者の小助を住まわせている家にいた。いまは昼過ぎで、小助は湯屋からもどってきたところだった。

「あら、夏木さま。いらっしゃってたんですか？」

「うむ」

これから小助は化粧を整え、深川のお座敷に行く。その前の、いちばんしっぽりとなる時刻である。

ひさしぶりに小助の肌に触れられる嬉しさで、内心、そわそわしていた。二階の窓から眺めた雨の掘割も、なんとなく色っぽい風情があるように思えた。

ところが、小助はあまり機嫌がよくない。眉間に小さな皺が、ぴっ、ぴっと走る。こういうときは、怒りっぽいのだ。

だが、夏木もひさしぶりの訪問に気を高ぶらせ、

「どうした、機嫌が悪いか」

と、無理やり肩を抱いた。

「ちょいと、嫌ですよ」

「何が嫌だ、こいつめ」

「あたし、頭が痛いんですから」

嘘に決まっている。湯上りで、雨の中、傘をくるくる回しながら帰ってくるところを、二階の窓から見ていたのである。

「そういう嘘はよくないぞ」

夏木は今度は膝に手を伸ばした。金魚の柄の浴衣地《ゆかたじ》が、はりのある太股にぴったりとひっついている。

「やめて」

と、小助は夏木の手を上から叩いた。まともに当たったので、けっこう痛い。

「何をする」

さすがにむっとした。すると、小助は逆に夏木を睨み返して、

「あたしという女は、夏木さまにとって何なのでしょうか？」

と訊いた。

「は？」

思わず口を開けた。わしが面倒を見てやっている女に決まっているだろうがと言おうとしたが、どうもそれを言ってはいけない雰囲気を感じた。

「あたしは人形？」

とも訊かれた。

「人形だって？　そんな馬鹿な」

「それじゃあ、欲しいのは身体だけ？」

「いや、身体だけというわけでは……」

どうも、何を言っているのか、わからない。人形だの、身体だけだの、正直、そんなことは考えたこともない。

夏木は一度、ため息をつき、自分の気持ちをすばやく整理して、

「いいかい、小助。わしは、お前に惚れてるんだ。惚れるって気持ちは、ほかに説明のしようがないだろ。人形だの、身体だけだの、そんなことは、惚れるってこととはまったく別じゃぁないのかね」

「そうかしら」

「そうだよ」

「いいえ、違うわ。あたしが婆さんになったら、すぐに捨てられるのよ」

小助は窓の外を見ながら、こぶしをぶるぶる震わせて、そう言った。

「お前が婆さんになったらだって。あっはっは、大丈夫だ。そのころは、とっくにわしは死んでるから」

夏木はなんとか小助の気持ちを落ち着かせようと、そんなことを言った。だが、それは逆効果だったらしい。

「何が大丈夫なのよ！」

いきなり髪に挿していた櫛《くし》を取ると、歯のところをぎしぎしと窓辺の桟《さん》のところで引いた。櫛の歯がぶちぶちと折れて、はじけ飛んだ。さらに、歯の折れた櫛を思いきり、襖に叩きつけ、

「あんたなんかとは、もう別れる」

と叫んだ。この言葉は初めてではない。この家を借りた翌日だったか、煙草をやめろと注意したところ、同じことを言って、怒り出した。亭主づらはしない約束だったというのだ。そんな約束をした覚えはまったくなかったが、怒り出したら、手がつけられなかった。何を言っても無駄なのである。

次に手拭いを細かく千切りだした小助を、一歩下がって見てから、

「わかった、今日は帰ることにする」

そう言って、夏木は階段を降りた。

さっきまでそわそわしていた気持ちは、採り忘れたへちまのようにしなびてしまった。怒るよりも情けなくて、下駄をはくのもやっとなほどの脱力感が襲ってきた。

すごすごと帰ろうとしている夏木を見て、手伝いの婆さんも気の毒がり、

「ここんとこ、雨ばっかりだから、気もふさぐんですよ」

と、慰めるようなことを言ってくれる。ますます気が滅入《めい》ってきた。

──なぜ、あんな我儘《わがまま》を言わせておくのか。

夏木は自分でも不思議だった。いっそ別れてしまえば楽になるのにとは思うのだが、心の奥に、激しい執着があるのも自覚していた。夏木自身、さっき小助に言っ

たように、

「惚れているから」

としか説明がつかない気持ちだった。

帰り道、海辺橋を渡り、仙台堀沿いを南仙台河岸のあたりに来たところである。とぼとぼと歩くうち、人だかりにぶつかった。傘をさしている者が多いので、その先に何があるのか、さっぱりわからない。

「辻斬りだ、辻斬りだ」

隣りにいた男たちから、そんな声が聞こえた。

ちらりと、このあいだ仁左が目撃した辻斬りと、同じヤツのしわざだろうかとは思ったが、落胆のあまり、何ごとにも関わる気になれない。

だが、通りすがりに、

「紫色の派手な傘をさした武士が」

という話をしているのが聞こえた。

やはり、そうかと思った。

だが、仁左と違って、斬られるところを見ているわけではない。首を突っ込んでも、単なる野次馬になるしかないのだ。このまま人だかりを避け、通り過ぎることにした。

人だかりの脇に、下駄がひとつ落ちていた。鼻緒のところに、細工物かカエルの人形みたいなものがついているのが見えた。桐の上等そうな下駄だから、たとえ片方でも誰か拾っていくかもしれない。

人だかりを抜けてすこし行ったとき、駆けて来る定町回り同心の菅田万之助と、藤村の倅の康四郎とすれ違った。

「あっ、夏木さま」

と、康四郎が立ち止まろうとした。

「よいよい、早くゆけ。わしは何も見ておらぬ」

立ち去ろうとしたが、

「おっと、康四郎。そこの人だかりの脇に落ちている下駄は、いちおう拾っておいたほうがよいぞ」

とだけ言って、夏木は逃げるように人だかりをあとにした。

「まったく、女というヤツは」

夏木はつい、口にしてしまった。自棄酒《やけ》がまわってきている。もっとも、一刻も早く酔いたくて飲む酒である。いつもは楽しみな海の牙の肴も、今日は食う気がしない。


「味噌でいい。味噌で」

そう言ったら、安治は、

「早く忘れるように」

と、みょうがの酢味噌和えを置いてくれた。箸をつけると、こんな気分でもうまいのだからたいしたものである。

「女なんかに本気になっては駄目だな」

また口に出てしまう。悪酔いすると、頭に浮かんだ言葉がすぐに口をついて出てしまうらしい。すると、すぐ隣りで、

「そうそう。女は駄目」

と言ったヤツがいた。

「なんだ、貴公は」

顔を向けると、この前も来ていた、つるっとした顔の男だった。

「いやいや、あっしも同感でしてね。女は駄目ですよ。あれは、子どもといっしょ。かわいいときはかわいいが、そのうち、かわいくもなんともなくなる」

「まったくだな」

「その点、魚はてえしたもんだ。大きくなっても、うまくなる一方。卵を孕《はら》んだ日には、ますます味がいいときた」

「魚と女を比べるなんて、貴公、面白いのう」

「面白いですかねえ。だったら、いいんだけどねえ」

情けなさそうな顔になるところがまた、しょぼたれた気持ちでいる夏木には、親近感を感じさせる。

「そなたも、おなごに冷たくされたことがあるのか？」

「冷たくされたことがあるかですって？　旦那、冗談いっちゃいけねえ。あっしは生まれてこのかた、おなごに温かくされたことがねえんですぜ。ずっと、冷たい言葉を浴びせられ、冷たい目で見られ、蹴られ、殴られ、玉をねじられ……」

「あっはっは」

面白い男だった。そう言えば気の毒かもしれないが、この男は愚痴や詠嘆まで面白い。ふつうはそれをくどくどやられたら、聞かされるほうもうんざりしてしまうが、この男のは自虐の笑いがまじるので、嫌な気持ちにならない。

「よし、そろそろ女の話はやめよう。仕事の話はどうだ、仕事は？」

「こりゃまた、厳しいところを突くねえ」

男はぽんと頭を叩いた。

「仕事は厳しいさ。毎日、仕事から離れられたら、どんなに気が楽かと思うよ。でも、いざ離れたら、きっと寂しい思いをするんだろうねえ」

「そう。まさしく、そう」

夏木はぽんと肩を叩いた。

「現に、わしがそうなんだ。隠居しちまったら、寂しくてしょうがない。だいたい、わしはまだ、隠居なんてするつもりはなかった。それが配下の者の失敗の責任を負わされることになって、急に倅に職を譲ることになってしまったんだ。なんだよ、馬鹿野郎が」

そう言いながら、自分の愚痴はつまらないと、ちらりと思った。

夏木は女癖がよくないと自分でもときおり反省する。だが、惚れっぽいだけで、女をだましたり、もてあそんだりはしない。

しかも女のことをのぞくと、あとは生真面目すぎるくらいの人生だった。仕事はもちろん一生懸命やってきた。二十二のときに、弓の稽古の最中、他人が放った矢が首にあたり、このときは三日ほど休んだが、あとは皆勤だった。多少、熱があっても、勤めには出た。それが、この春、突然、配下の使い込みが発覚したのである。

「貴公、名前は？　あ、わしが先に名乗ろう。わしは、夏木権之助と申す」

「あっしは与田七蔵《よだしちぞう》と申します」

「苗字があるといぅと、侍かな」

「なあに。もう侍はやめちまったよ」

「それは惜《お》しい。貴公のような武士がいたら、もうちっと武士の世界も風通しがよくなるのにのう」

「そうそう。武士の世界は息がつまった」

「やあ。今日は嫌なことがあったが、与田どののおかげで、すっかりいい心持ちになった」

　どうやら今日は、藤村も仁左衛門も出てこないらしい。

「夏木さま、今日はもしかしたら、出水《でみず》があるかもしれませんから、初秋亭はやめておいたほうがよさそうですぜ」

　と、安治にも忠告された。

「うむ。そうだな。じゃあ、そろそろ帰るか」

「では、あっしもそろそろ」

夏木が立つと、与田七蔵も立ち上がった。

「われら、ともに帰るぞ」

夏木が声をはりあげ、このあたりで記憶がふっつり消えた。

……目を覚ましたのは、見知らぬ家の中だった。

「ここは……？」

隣りの布団にいたのは、たしか与田七蔵という名の男である。

「通油町《とおりあぶらちょう》にあるあっしの家ですよ」

通油町までは夏木の家からはすぐであるが、どういうことでここに来たのか記憶がない。

「それは失礼した」

「なあに、いいってこって。いま、下から茶を持ってきますんで」

ここは二階らしい。六畳が一間あるだけで、布団が二枚敷かれてあるほかは、文机《ふづくえ》がひとつあるだけである。その脇には、本が山のように積み重ねられてある。

与田が茶を持ってくるあいだに、夏木は自分の懐の巾着を探った。とくに変わったことはない。海の牙の支払いをすませたくらいが減っているだけで、あのあと、どこかに寄ったわけでもなさそうである。

「お待たせしました」

与田が茶を持って上がってきた。

「これはかたじけない」

茶をすすりながら、あらためて文机の脇の本を見た。

「読書家だのう」

「なあに、難しい本は読めませんや」

たしかに、固い本はあまりない。ほとんどが黄表紙のたぐいである。『東海道中膝栗毛』は、いままで出たぶんは全巻そろっているらしい。

「膝栗毛が好きなようじゃの？」

「好きってほどでもねえんですが、ついね」

「そうだよな。わしも、これはついつい読んでしまう」

「くだらねえんですがね」

「まったくだな」

茶を飲み終えて立ち上がった。いつまでもここにいるわけにはいかない。

階下に降りると、与田は台所にいた妻女に声をかけた。

「お民《たみ》、お客さんが帰るぜ」

「なんのお構いもせずに」

と出てきた女房は、人のよさそうな笑みを浮かべた。

玄関脇の板の間で、小さな娘が踊りの稽古をしているのもちらりと見えた。

帰るとき、すれ違った男が、

「先生。ごぶさたいたしまして」

と言いながら入っていった。

——そうか。踊りの先生なのか。

夏木は、ちらりとそう思った。

三

藤村慎三郎は、大川の岸辺で木刀を振っていた。

葦の茂みを抜けると、小さな砂地になっているところがあり、木刀を振り回すのにちょうどいい広さだった。二日ほど陽が照ったので、砂地も乾いていた。海風が吹いていて、潮の香りが強かった。

朝と晩に剣の稽古をすることを日課にした。昨夜は初秋亭に泊まったので、朝飯

をすませ、川原に下りてきた。さっきまで夏木が後ろで、

「精が出るのう。わしも、もう少し弓の稽古をしようかのう」

などと言っていたが、いまはどこかに行ってしまった。剣と違って、弓矢の稽古は場所を食うので厄介らしい。藤村は、弓矢というのはまったく経験がなかった。

新しい剣のさばきを考えている。

細身の木刀を振っている。それは剣と同じ重さになっている。剣の長さは同じだが、細身にして軽くしたのである。

細身の剣だと、実際の立ち合いのときはまともに受けるのはあぶない。剛刀にへし折られたり、曲げられたりする恐れがある。

受けずにかわす。かわしきれないときは、受け流すようにする。的確にすこしずつ相手に損傷を与え、弱らせていく。精妙で、狡猾《こうかつ》とも言える剣。

新しい剣の、そういう大枠はできた。あとは実際の細かい動きをどう工夫していくかである。

剣術は皆、若く元気なときに学ぶことが基本になっている。年老いた者の剣はほとんど考えていない。いかに体力を落とさず、若いときに学んだ技を維持するかだけである。

だが、人は必ず老いる。身体の方々が若いときのようには動かなくなり、持久力も極端に落ちる。そのとき、剣もまた、変わっていくべきではないか。

敵の剣を思い描きながら、細かな動きを考えていく。集中してくると、脳裏に一人の敵がくっきりとあらわれ、この敵がさまざまな動きで藤村に襲いかかる。これを実際に受けるように、藤村は木刀を振り、足を送る。

斜めから振り下ろしてくる剣を、後ろに下がりながら、軽く受け流す。押し戻されるように引きながらも、体を左にかわし、横に飛びながら、相手の手をかすめた。深くは斬っていないが、筋を断った。むろん、想像上である。

あるいは、上段から振りかぶり、真っ向から斬りおろしてくる剣。踏み込みも鋭い。これは斜め前方に飛ぶようにして逃げる。追ってくる剣を払うようにやりすごし、今度は後ろに飛ぶようにしながら、敵の手首を撫でる。これも、致命傷にはならないが、手首の太い血管を斬る。これも想像である。

だが、想像の動きを頭に刻むことで、実際の斬り合いのときも、敵に即した動きができるようになる。道場の稽古だけだと、意外な動きをする敵に対して、まるで対応できなくなることがあるのだ。

こうした稽古をつづける。半刻（一時間）。みっちり身体を動かし、びっしょり汗をかいて、初秋亭にもどってきた。

「あ、父上」

倅の康四郎が、番屋と初秋亭のあいだあたりに突っ立っていた。相変わらず、表情に力がない。

「なんだ、どうした？」

「はあ、じつは七福さんにお訊きしたいことがありまして」

「家は知っておるだろう、箱崎の七福堂は」

「ええ、こちらに向かったそうです」

それなら、途中で店をのぞいたりしているのだろう。やはり、商売には未練があるようなのだ。

「仁左に訊きたいのは、例の辻斬りのことか？」

「はい。七福さんの見た紫の傘について、いろいろと聞き込んでいまして。さっきは、日本橋の〈晴々堂〉という大きな傘の問屋で話を聞いてきました。ここを通らない傘はおそらくないはずだと、あるじは自慢していました」

「ふざけた名前をつけやがる。それで、傘の見当はついたのかい？」

「はい……」

話しているあいだにも、番屋を町役人やら、ここらの大家などが出たり入ったりする。二人が親子ということを知っている者も多く、「中でお茶でも」と声をかけられる。だが、藤村は番屋になど入りたくない。もはや同心ではないのだから。

「紫にもいろいろあるのですが、いま、多く使われるのは、江戸紫という赤っぽい鮮やかな紫です。でも、七福さんは江戸紫じゃないと言ってました」

京の紅、江戸の紫といわれ、いわゆる江戸紫は江戸で人気の高い色である。

「だが、ほかに藤ねずみと瑠璃紺《るりこん》というのがあったのです。七福さんの言ってたことと照らし合わせると、おそらく瑠璃紺ではないかと、店のあるじも言っていました。それで、その傘を借りてきてみたんです」

「ほう。仁左に見せればわかるだろうよ。ところで、二人目の犠牲者の身元もわかったんだろ？」

藤村が訊くと、康四郎は一瞬、言ってもよいかどうか考えるような顔をして、

「ええ。やはり深川の今川町に住む鳶《とび》で、このあいだまで火消しの親方もしていた寅八《とらはち》という男でした」

と言った。これは誰でも知っていることで、話してもいいと判断したらしい。

「仁左衛門みたいに、現場を目撃したヤツもいたんだろ？」

「ええ。近くの子守り女が見てました。やはり紫色の傘だったと……。だが、どんな紫かは覚えていません。人が斬られるところを見て、とても傘の色まで見る余裕などなかったのでしょう」

「殺されたのは、大店の隠居と、元火消しの親方かい。二人は知り合いだったのかね」

「住んでいたところが、そう遠くはないので、祭りの準備のときなど顔を合わせたりはしていたかもしれません。でも、とくに親しかったという証言は、いまのところ出てきていません」

「ふうむ」

と言って、藤村は腕を組んだ。

二件に共通するのは、どちらも雨の日だったこと。それが何かの理由になるのか。

「本当に辻斬りなのかどうか……」

藤村がそう口にすると、

「どういうことですか？」

康四郎は、見当もつかないという顔である。

「おや、康四郎さんもいっしょかい」

と、仁左衛門がやってきた。手帳に矢立を持っている。道々、句をつくりながら来たらしい。

「あれ、仁左。句をつくってたのか？」

と、初秋亭の二階から、夏木が声をかけてきた。一足先に二階に上がって、外を眺めていたのだろう。

「あらかじめ、つくっておくよう、師匠からも言われたからね。夏木さま、忘れてないだろうね。次の句会は、五月闇《さつきやみ》を詠《よ》むというのが課題だぜ」

仁左衛門がそう言うと、夏木はそうだったという顔で、中にひっこんだ。

「おめえ、また、山ほどつくったのかい？」

「そうでもないよ。いま、ぐるっと歩いただけで五十句ほど」

この数を聞いただけで、藤村はいつも、大福を食いすぎたときのようなうんざりした気分になる。

「ところで、倅が仁左に訊きてえことがあるんだとよ」

「あ、そう。なんでも訊いとくれ。お父上のお妾《めかけ》のことかい。それとも、康四郎さんの知らない兄弟のことかい？」

「おい、くだらねえこと言うなよ」

藤村は苦笑した。

康四郎は、仁左衛門の冗談には慣れているので、答えもせずに持っていた傘を広げ、

「辻斬りがさしていたのは、この傘ではなかったですか？」

と訊いた。開くと花が咲いたようである。

「へえ、きれいな傘だね」

「ええ。江戸中の傘が集まるという問屋で借りてきたのです」

仁左衛門はこの傘をじっと眺め、

「ちがうね。もっと明るい感じの色だったよ」

きっぱりと否定した。


その数日後である。

「藤村の旦那」

と、後ろから声がかかった。これから海の牙まで行こうという永代橋の上だった。ドスの利いた声で誰かすぐにわかった。振り向くとやはり鮫蔵だった。

「よう、近頃の鮫は、永代橋を向こう岸まで渡るんだな」

「そうなんでさあ」

夕陽のせいか、鮫蔵が心なしか疲れているようにも見える。おそらくだいぶ嗅《か》ぎまわったのだろう。後ろにいる下っ引き二人は、げんなりした顔をしている。

「例の辻斬りだろ」

「ええ。康四郎さんたちと、紫の傘を追っかけてるんですが、まだわからねえ。深川中の傘屋は全部、当たったが駄目で、今日は日本橋から築地あたりまでまわってみたんですが、まだ見つからねえ。あっしは、京大坂からの下り物じゃないかと思ったんですが、どうやらそうでもないらしい。あっちじゃ紫の傘なんざ野暮ったいと馬鹿にしてるらしい」

「そういうもんかい」

「ところが、落胆してたら、別のほうから、かなり有力な手がかりが出てきましてね」

「ほう」

鮫蔵が有力というからには間違いないだろう。

「まだ、内緒なんですがね」

と、声を低くして、

「柳橋《やなぎばし》界隈の岡っ引きが、おやっという話を拾ってきたんです」

「柳橋界隈というと、広吉《ひろきち》のことかな」

鮫蔵のような強面《こわおもて》ではないが、とにかく、地道な聞き込みを粘り強くやることで定評があった。

「そうみたいです」

「なるほど」

「それで、薬研堀《やげんぼり》あたりに住んでいる五百石取りほどの旗本の当主で山県精一郎《やまがたせいいちろう》ってえのが、あの辻斬りがあった日に、傘があるのにこわきにかかえ、雨の中を裸足で帰って来るのを、見かけた者がいたそうです」

「ほう、そりゃあ凄い話じゃねえか」

雨の日に裸足で走るのはありがちなことである。だが、傘があるのに、こわきにかかえているのは、明らかにおかしい。

「なにより、その山県精一郎ってえのは、恐ろしいほどの居合いの遣い手なんだそうで」

「それだな」

藤村は確信した。

だが、まだわからないことだらけだろう。

「菅田の旦那もそう踏んでいます。ただ、相手はかりにも旗本の当主ですからね。うかつに疑いをかけるわけにはいきませんよ」

鮫蔵は、唾でも吐くように言った。

だが、すでに山県の見張りは始まっているはずである。

四

「まあ、素敵な柄《がら》」

小助が嬉しそうな声を上げた。

「気に入ってくれたかい」

夏木権之助が、西平野町の小助に贈り物を持ってきたのである。

浴衣地と帯である。変わった柄で、紺地に黄色と白の二重の円がたくさん描かれている。

「なんだか、わかるかい？」

「何かしら、玉子みたいだけど」

「よく、わかったね。これは玉子を鉄板の上で焼いたもので、南蛮人はこうやって玉子を食うらしい。目玉焼きというそうだ」

「まあ、面白い。目玉焼きの柄なの」

昨日、句会があり、師匠の入江かな女が着ていた浴衣が、変わった柄だった。刀と鋤《すき》のようなものを×印にしたもので、何なのか訊《たず》ねてみると、南蛮人が飯を食うときに用いるホークとナイフというものだという。なんでも南伝馬町の京橋に近いあたりに新しくできた呉服屋があって、そこでは洒落っけのある柄のものをいろいろ取り揃えているのだそうだ。夏木はさっそく、そこに行き、これを選んできたというわけである。

「この帯の柄は？」

「それも南蛮人の好きな野菜で、トメトというんだそうだ」

赤い果実らしきものが小紋になっているのだ。

「これもいい柄ねえ。トメトと目玉焼き。これだと、何の柄って訊かれて、教えてあげるたびに面白がってもらえるわね」

小助はときに冗談に腹を立てたりもするが、洒落が大好きだったりもする。

「気に入ってもらえるか、ひやひやだったよ」

夏木は実際、そんな心持ちでやってきたのだった。

「いやですよ。着物でごまかされるのは」

「そんなつもりじゃないさ」

「じゃあ、今日はこれだけ」

と、小助は口を尖らせた。ぷっくりとかわいい唇である。

夏木も嬉しくて口を尖らせ、ぷちゅとつけ合った。異人はやけにこれを好むと聞いたことがある。南蛮人ゆかりの柄に対する、小助なりの機知かなと、夏木は喜んだ。

だが、胸に手を入れようとすると、

「これだけって言ったでしょ」

と、すげない。それでも、この前よりはだいぶ機嫌がよくなっているので、夏木は無理強いはやめにした。

「それより夏木さま。深川に辻斬りが出没しているのはご存知ですか?」

「もちろん知ってるさ。わしの友だちがちょうど辻斬りの現場を目撃した」

「そうだったんですか」

殺された二人はどちらも客で会ったことがあり、とくに二人目はお得意さまだったらしい。

「捕まりますかね」

「そりゃ、捕まるさ」

「でも、辻斬りはお武家だったそうですよ」

「なあに、わしなら捕まえられる」

と、思わず豪語してしまった。何の根拠もない。単なる小助の手前の見栄である。

「まあ」

「知っておるか。辻斬りは紫色の傘をさしていたのだぞ」

「そうなんですか」

「そなたも、きれいな紫色の傘をさした武士を見たら、気をつけることだ」

「まあ、怖い。でも、その傘はどこで買ったのかしら。もしかしたら、島崎《しまざき》町の表《ひょう》具《ぐ》屋だったりして」

「なんだ、それは？」

「いえ、深川芸者のあいだで流行っている傘屋で、ほんとは表具屋なんだけど、特別に頼むと、きれいな色の傘をこしらえてくれるんです」

「ほう。それは、どこにある？　なんという表具屋だ？」

「ですから島崎町ですよ。木場の北、横川沿いにある町で、表具屋の名前は、〈小《こ》西徳兵衛《にしとくべえ》〉と言いました」

　江戸中の傘が集まる問屋でも、七福が見たという傘が見つからないという話は、藤村慎三郎から聞いていた。だが、傘屋ではなく、表具屋がつくっていたなら、問屋にも流れないし、深川を知り尽くした鮫蔵にとっても、盲点となっているだろう。

「おい、小助。本当にそこから、捕まるかもしれんぞ」

　と、夏木は顔を輝かせた。

「本当ですか。それだったら、あたし、夏木さまを尊敬してしまいますよぉ」

　この言葉で、夏木は浅草寺の境内で売られるバネ仕掛けの人形のように、ひょんと飛び上がっていた。


　夏木はさっそく、藤村にわけを話した。

「それは臭いぞ」

「やはり、そうか」

「よし、すぐに行こう」

　と、仁左衛門も連れて、三人はその小西徳兵衛を訪ねた。木場の北、横川に面しところで、間口もかなり広く、表具屋としてもけっこう流行っているらしい。

たしかに、表には表具屋の看板しかない。だが、中に入ると、仕事場の奥の壁に、色鮮やかな傘がいっぱい並んでいた。

あるじの徳兵衛は、若いうちに遊びすぎたというような、どこか剽《ひょう》げたような男である。

「紫色の洒落た傘が欲しいんだがね」

と、藤村が切り出した。

「へえ、紫ね」

「おやじ、そもそも紫というのは、どうやって出すんだい？」

藤村はこのところ思っていた疑問を口にした。この手のおやじは、まともに訊くとへそを曲げたりするので、搦《から》め手《て》から入ったほうがいいのだ。

「まあ、山根とも言う紫草の根か、里根《さとね》の根を染料にして、灰汁《あく》や酢で色を出すんですが、それに他の染料を混ぜたりするのが工夫でしてね」

「すると、一口に紫といっても、さまざまな紫が無限にできるというのかい」

「そういうことで。ただ、きれいに見える色の配合がありますからね。しかも、買う人が注文するうえでも、決まりはできてきます」

決まりがなければ、注文のしようもない。

「なんというか、あまり赤っぽくはなく、明るいのだが、薄い青紫とでも言おうか。そんな色が欲しいんだがね」

と、これは仁左衛門が説明した。

「ほう。待ってくださいよ。もしかして、この色ですかね」

あるじは立ち上がり、後ろの棚から傘ではなく、紙だけを出してきた。

「それだ。それが欲しかったんだ」

仁左衛門がすぐに言った。藤村と夏木も、やったといわんばかりに、顔を見合わせる。

「これは樗《おうち》色といいましてね。そういえば……」

「どうしたい？」

「半月ほど前にも、この色で傘を特別にあつらえた人がおられました。三本ほどお求めいただきましたよ」

「誰だ、それは？」

と、夏木が勢いこんで訊いた。

「お客さまのお名前ですか？　それは申し上げることはできませんよ」

あるじはぷいとそっぽを向いた。

「まあ、商人の信用ということもあるから、言いたくないのはわかるがな。だが、ことは人殺しにかかわることだ」

「え」

「おいらに言わなくても、あとで町方の者が訊きにくるだろうよ」

と、藤村がさりげなく脅した。

「ただ、そのお人は江戸でも知らない人はいないくらいの有名な人で」

「誰だい？」

「十弁舎二八《じゅうべんしゃにっぱち》さま」

あるじは怒ったようにその名を告げた。

「十弁舎二八だと」

三人は顔を見合わせた。たしかに、それは知らない人がいない。『東海道中膝崩し』の作者で、日本中の人気者、久麻《くま》さん河馬《かば》さんの産みの親である。

貴重な話を聞かせてもらい、そのまま引き上げるのはあまりに図々しい。そこで、夏木権之助が代表して、江戸紫の傘を妻の土産に買って帰ることになった。仁左衛門はそのまま家に帰ったが、藤村は表具屋で聞き込んだ話を伝えるため、番屋に行くと言っていた。

屋敷に入ると、夏木はその傘を、

「ほれ」

と、ぶっきらぼうに妻の志乃に手渡した。

志乃の口の両脇の皺がおかしなかたちにゆがみ、

「これ、どうなさいました？」

「うむ。通りかかった傘屋で、あんまりきれいなので、そなたの土産にしようと」

「まあ……」

途端に口の皺が消えた。この皺は、機嫌が関係するものらしい。しかも、袖を目元に押し当てはじめた。

「なんだよ、おい、たかが傘ぐらいで泣くな」

「だって、お前さま、嬉しくて。いえ、傘がどうこうというのではなく、外を歩いていて、あたくしを思い出してくれたというのが嬉しくて」

「そ、そういうものかね」

なんだか申し訳ない気もしてくる。

あまり喜ばれると、後ろめたさがこみあげてくるのだ。

適当な喜び具合がいい。そうすれば、また、買ってあげようという気にもなる。泣くほど喜ばれると、うんざりする気持ちも出てくる。

——女は加減がわからぬからな。

それでも、夏木はなんとなくいい心持ちになって、天気も悪くないので庭に出て、ひさしぶりに弓を引くことにした。このところ、藤村の剣の稽古にも刺激されているのだ。

五十ほど的《まと》を狙うと、次に短弓も持ち出してきてやはり五十本ほど引いた。これは、いざというときのため、初秋亭に置くことにした。

初秋亭のことは、志乃にもこのあいだ話した。というより、散策と称して連れていった。言葉で伝えるより、見せたほうが安心すると、仁左衛門に勧められたからである。

藤村と仁左衛門は、変なことをしているのではないことを見せるため、わざとらしく俳諧をひねっていた。

「お前さまが句作を」

志乃はあきれたように言った。

「わしも老境なりの楽しみを持たなければな」

そんな話をしたものである。

また長弓にもどして引いている途中、後ろから志乃が声をかけてきた。

「ねえ、お前さま」

と、声が明るい。

「なんだ?」

「そんなに隠れ家が欲しければ、下屋敷でもお求めになれば?」

傘のお礼のつもりだろうか。

「いや、そういうものではない」

夏木はきっぱり、そう言った。男の飢えた心、あるいは男の寂しい心が欲するのは、そういうものではない。隠れ家だからいいのである。

五

藤村と夏木と仁左衛門が、海の牙で飲んでいると、与田七蔵がやってきた。すでにどこかでひっかけてきたらしく、足元がふらふらしている。髪がすこし光っているから、ぱらぱら降ってきたらしい。

「おい、与田氏」

と、夏木が声をかけた。藤村と仁左衛門は、おや、いつから知り合いに？　という顔で夏木を見た。

「なんですかい、夏木さん」

「雨の日には気をつけたほうがよいぞ。雨の日に紫色の傘をさした男がいたら、逃げたほうがいい」

「ああ、例の辻斬りだね。まったく、まだ捕まらないんですかね」

「まもなく、捕まるだろうがな」

と、藤村が言った。

与田は酒を頼み、肴にキスの一夜干しを注文した。

「紫色の傘か。そう言えば、二十日ほど前だったか、紫色の傘をおそろいにして、板橋宿で遊んだっけな……」

与田の言葉に、すぐには反応はなかった。

すこし遅れて、三人は顔を見合わせた。

「紫の傘をおそろいにして？」

夏木が訊いた。

「ああ、男三人でね」

「もしかして、その傘を注文したのは、島崎町の小西徳兵衛では……」

「あれ、よくご存知で」

与田がこっちを見たとき、三人はほぼ同時に腰を上げ、

「もしかして、十弁舎二八先生？」

と、声を上げた。店の客が皆、いっせいにこちらを向いた。

与田があわてて、両手でふたを押さえるようなしぐさをし、

「そんな大きな声は困りますよ。ええ、あっしはたしかに二八ですが、二八を名乗ると、面白いことを言ってくれのなんのと、勝手に酒も飲めなくなっちまう」

「そりゃあそうだろうなあ」

と、皆、納得した。有名人のつらいところだろう。

「それはそうと、二八さん。どうも、あんたがあつらえた紫の傘は、例の辻斬りにかかわりがあるんですぜ」

と、藤村が声を落として言った。

「なんだって？」

「その紫色というのは、楝色《おうち》なんでしょ」

「そうさ。楝色の傘に、カエルの小さな焼き物をつけた高下駄をはきましてね。雨の日に板橋宿の縁切り榎《えのき》にお参りにいったんです。おうちにかえろって、洒落でさあ」

「おうちにかえろ！」

三人はまたも、顔を見合わせた。どんどん予想もできなかった話になっていく。

「その話をもっとくわしく聞かせてくださいよ」

藤村は、自分の酒を二八に注いだ。二八は嬉しそうにこれを飲み干し、

「なあに、こんなふうに飲み屋で親しくなった仲間がいてね、それぞれ悪い女につかまってしまい、家にもろくすっぽ帰らなくなっていたんでさあ。それで、なんとかしなくちゃまずいという話になった。なんでも、板橋宿には縁切り榎というのがあり、ここにお参りすると、別れたい女と別れられるらしい。だが、ただ行くのも洒落にならねえというので、あっしが洒落を思いついた。楝色というのがあるのは、あっしはとある版元で画工をしてたこともあるくらいだから知っていたのさ」

「あとの二人というのは？」

「それが、いつも酔っ払ったときに会ってたもんで、詳しいことは知らないが、一

人はこうでっぷり太った大店の隠居。もう一人は、ほんとかどうか知らないが、火消しの親方だとか言ってたような……」

「二人とも断られましたよ」

藤村は静かに告げた。

「えっ」

二八は目を丸くした。

だが、どこかに、とんだ騒ぎを面白がっているような、二重三重の戯作者精神があるような顔だ、と藤村は思った。

「やっぱり、辻斬りじゃなかったんだ」

仁左衛門が感心して言った。

「仁左、感心してる場合じゃねえ。こりゃあ同心の菅田と、鮫蔵にも来てもらったほうがいいな。おいらたちがどうこうする話じゃねえから」

藤村がそう言うと、いつの間にか藤村たちのそばに来ていた安治が、

「えっ、鮫蔵が来ますか」

そう言って、心配げに店の中を見回した。ほかに常連たちが四組ほどいる。鮫蔵が顔を出せば、このなごやかな雰囲気がどう変わるか、容易に想像がついた。

三人は、二八とともに鮫蔵の店の甘えん坊に行くことにした。藤村は前に来たことがあるので、とくに不思議な感じはしないが、夏木と仁左衛門はなんとなく腰が落ち着かない感じがするらしい。鮫蔵はすでに来ていたが、しばらくして、菅田と康四郎も駆けつけてきた。

ざっと説明を聞いた菅田が、

「だが、なんで二八さんたちが狙われたのか？　それから、なんで斬るほうも同じ格好をしなくちゃならないのか？　そのあたりは、まったくわかっておらぬなあ」

と言い、二八に対してゆっくり問いかけを始めた。藤村たちは、そのまわりを取り囲むようにして二人の話に耳を傾けた。

「二八さん。その板橋宿に行ったとき、何か恨みを買うようなことはなかったのかね？」

「もしかして、あれがそうかな。じつは、あのとき、縁切り榎の前で女に会ったんでさあ。これがいい女で、柳橋界隈で芸者をしてる、とのことでした」

「いい女がね。それはしばしば騒ぎのもとだからな」

と、菅田が言い、脇で夏木が深くうなずいた。

「向こうも誰かと別れたがっているのだろうと、あっしらも軽い調子で声をかけたんです。案の定、そういう男がいました。それから、宿場の茶屋でもっとくわしい話を聞くことにしました。相手はお武家だが、落籍《ひか》してやるから家に入れと言っているというんです。ところが、その男には妙な性癖があるんだそうです。わしが悪いことをしたときは、母上のように厳しく叱ってくれと頼むのだというんですよ」

「どういうことだ？」

「尻を叩いたり、棒でぶったりしてくれと」

「そういう趣味か」

「そうらしいです。あっしたちも、その男は、あぶねえな、何かあると、とんでもねえことをしでかすなと感じました。それで、そんなヤツとは別れたほうがいいと忠告したんです」

　二八の言葉に、一同がうなずいた。

「なるほど……。ここからは想像の話になるが、もしも、女がこういう人たちにこんなことを言われたからと男に告げ、別れることになったとしたら、男はあなたがた三人を恨んだでしょうな」

　菅田がそう言うと、二八は、

「もしかしたら、あのとき男は近くに来ていて、あっしらの姿を見ていたのかもしれない。しつこい男だというから、つけていても不思議じゃありませんよ」

と、一度、背をぶるっとさせて言った。

「二八さんたちは、どこの者だとは名乗ったのかい」

「たぶん、はっきりとは言ってねえと思います。でも、向こうも柳橋に出てるといったくらいだから、こっちも深川の加賀町あたりから来たくらいのことは言ったでしょうね。加賀町の飲み屋で知り合った仲間でしたから。そうか、あそこは勘定が高いんで、最近、行かなくなっていたからなあ」

「ところで、傘はどうしたい？」

「ああ。おうちにかえろって洒落を話したら、あんまり面白がってくれたので、あっしの傘と下駄を女にあげましたよ。だが、なんでその傘をわざわざ使うんだろう？」

すこし沈黙ができた。

そこで初めて藤村が口をはさんだ。

「おそらく、男はつけていたわけではなく、あんたたちの顔は知らなかったのさ。そこで、樗色の傘と、蛙の下駄で、加賀町あたりを歩く。知らない者はなんということもないが、その意味を知っていれば、おや、あんた、どうして？　となる」

「そうか。それで、女に別れを勧めた男の一人だってことがわかるわけだ」

と夏木が言った。

「逆恨《さかうら》みだな」

鮫蔵がぼそりと言った。

「その侍の名は？」

菅田が訊いた。

「たぶん、名前までは言ってなかったのでは」

「芸者の名も？」

「ええ」

「なあに、大丈夫だ。そこまでわかれば、あっしらが調べあげる」

と、鮫蔵が自信たっぷりに言った。

「うむ。おそらく、男は山県精一郎にちがいない。だが、その柳橋の芸者だが……」

菅田が口を閉ざし、

「生きてりゃいいがな」

藤村がぽつりと言った。

「とにかく、山県をずっと見張るぞ。動いたところでふんじばろう。そのまま目付に引き渡せばいいさ」

菅田が立ち上がると、藤村が心配げに言った。

「だが、そいつは相当に遣《つか》うぜ。気をつけるこった」

六

この日は昼まで晴れていたのに、夕方近くから雲行きが怪しくなり、ぱらぱらと降り出した。

藤村は、早めに海の牙に来ていたが、そこへ倅の康四郎が飛び込んできた。

「父上、こっちに二八さんは来ていませんよね」

だいぶあわてている。

「来てねえよ」

「じつは、版元と話をするのに、鮫蔵の店に行ったらしいのですが、版元と挿絵のことで喧嘩になったらしくて、帰ってしまったんだそうです」

「ふうん。そういうこともあるだろうよ」

「ところが、いま、山県精一郎もいなくなっているみたいなのです」

「なんだと？」

「しかも、さきほど柳橋芸者の名がわかったのですが、すでに死んでました。十日前くらいに急にいなくなったとかで、すこし異臭があったので、床下を調べたら、埋められてました」

「そりゃあ、まずいな」

藤村は雨の中に飛び出した。

店を出て路地から表に出ると、そこは永代《えいたい》河岸である。すぐ左手が永代橋になる。

橋のところは、洪水でも流されないように、土手よりもさらに高くなっている。

その坂をのぼって、永代橋のたもとに立ち、左右を見回した。

橋の向こうから、同心の菅田が二人の中間を連れて駆けてきた。

「二八はいなかったか？」

菅田が康四郎に訊き、

「ええ」

康四郎がうなずいた。

「だが、紫色の傘を見ても、声などかけるなと言ってある。大丈夫だろう」

と、菅田が言った。だが、藤村が、

「待てよ。声をかけるなとは言ったが、もしも、怖がって逃げたとしたら……」

「それでもわかってしまうだろうな」

菅田がしまったという顔をした。

やはり、一刻も早く二八を見つけて保護しなければならない。

「あいつ、どっちに行ったのだろう？」

鮫蔵の甘えん坊があるのは、一色町だから、ふつうなら永代橋を渡る。だが、向こうからの道は、菅田たちが会わなかったのだから、新大橋のほうに向かったのか。

菅田と康四郎は、中間二人とともに新大橋のほうへ向かった。

もしも山県と出食わしたとしても、四人がかりならどうにかなるだろう。康四郎も捕り物の腕はともかく、剣の筋は悪くない。

菅田たちを見送ったあとも、藤村は雨の永代橋に立ち、四方を見回していた。

――ん？

大川の下流のほう、初秋亭がある熊井町の土手のあたりである。雨中に小さな紫色の花が咲いていた。いや、紫よりは青に近い。傘になって雨に濡れると、いっそう鮮やかさが増していた。あれが樗色だろう。

「くそっ」

藤村は、傘を投げ、いったん永代橋のたもとを駆けおりた。相川町の裏手の土手に駆け上がると、大川沿いを下流に走った。

「助けてくれぇ」

二八が叫びながら、走ってきた。まだ斬られてはいなかった。永代橋あたりであの傘を見かけ、動転して逃げまわっていたのではないか。いまは戯作者の二重三重の精神など消え失せたらしく、ひたすら恐怖にひきつっている。

その後ろを、傘を持った若い侍が追ってきていた。目が吊り上がり、一目で狂気を感じるような顔だった。

「そのまま、逃げろ」

藤村は怒鳴った。二八を通し、剣を抜いて、山県精一郎の前に立ちはだかった。

雨が激しくなり、額からしずくが目に流れこんでくる。傘をさして待てばよかったと思った。

「どいつも、こいつも、わしの邪魔ばかりしやがって」

山県は甲高《かんだか》い声で喚《わめ》いていた。

ふいに傘を前に倒し、そのままこっちに向かってきた。樗色の傘の花に、山県の上半身がすっぽりと隠れた。剣がどう来るか、わからない。

藤村は青眼にかまえ、重心をいくらか後ろに置きながら待った。

傘が割れた。左手から刃が出現し、藤村の眼前まで伸びてきた。これを軽く受けるようにしながら、いったん後ろに下がり、つづいて左手に飛び込むように回り込んだ。そのとき、すっと剣を伸ばすと、切っ先は山県の手首を撫でた。さんざん脳裏に思い描いてきた剣である。初秋の季節にふさわしい、精妙で狡猾と言われても仕方がない剣である。軽く撫でただけでも、太い静脈を断《た》ったらしく、かなりの量の血が流れ出した。

血を見て、山県が笑った。

叫び、もう一度、同じ位置から斬りかかってきた。これも受け流すが、凄まじい豪剣である。腕がしびれ、刀が曲がったように感じた。同じ動きで回り込み、ふたたび腕をかすった。狙った位置よりもずれて、手の甲を斬ったらしい。やはり、刀は曲がったようだった。

「ぎゃーっ」

獣のような声を上げながら、横から斬ってきた。もはや、自棄糞《やけくそ》のような、突撃である。勢いがあるので、軽く下がるだけでは、受けきれない。咄嗟《とっさ》に地面に転がり、同時に山県の足を狙った。膝のわきを斬ったつもりが、これもすこし上を斬った。筋が断てないので、相手の損傷も少ない。曲がった刀が、思わぬ障害になっていた。

それでも山県の足がいったん止まったので、その隙に起き直った。

もう一度、来る。相手は三箇所斬られながら、勢いは衰えない。若さか、あるいは狂気のせいもある。

藤村は激しく息を切らしている。体力の限界が近かった。

そのとき、突然、山県の右の二の腕に、矢が突き刺さった。矢についた羽根は青く、カワセミが飛んできたようにも見えた。

「なんだ、これは！」

山県が絶叫した。

初秋亭の窓に、夏木が二の矢を継ぐ姿が見えた。

だが、その必要はない。大きく開いた山県の胴に、藤村の剣が叩きつけられていた。

第五話　昔の絵

一

夜が明けたが、雨雲のせいでまだずいぶんと薄暗い。今年の梅雨はなかなか明けず、百姓たちはそろそろ冷害の心配も始めているはずだった。

今日もしとしと降る陰気な雨に、地上はおおわれていた。ただでさえ気が滅入《めい》る風景だというのに、その雨の中に遺体が横たわっていた。首には赤黒く締められた痕《あと》があった。

しかも、いたいけな少女である。

十か、もしかしたら十に満たないかもしれない。粗末な着物がぺったりと小さな身体にへばりついていた。

いったい、どんな理由があって、小さな娘の、この先、味わうはずの人生を、ここで止めなければならないのか。

藤村は、罪を犯す者の切なさにも思いを馳《は》せてきたけれど、この手の殺しだけはいかなる理由があろうとも許せないと思う。

深川相川《あいかわ》町である。この熊井町があるところは、永代橋寄りに相川町があるが、熊井町の先にもう一度、飛び地の相川町がある。

その飛び地のほうに、少女の死体がひっかかっていたのだ。

岸のほうからだと、茂った葦《あし》のせいで見つけにくいが、川を舟でよぎった漁師が見つけ、番屋に報《しら》せて来た。

その騒ぎが聞こえてきて、泊まっていた藤村と仁左衛門が見に来たのである。こんな少女だと聞いたなら、見には来なかったのにと後悔した。

「ひでえなあ」

と、仁左衛門がひとりごちると、

「まったくだよなあ」

隣りにいた見知らぬ老人が返事をした。

「流されてきたのかい」

「いや、昨夜の上げ潮で、流そうとしたが、流せなかったんじゃねえかな」

野次馬のあいだから、子どもたちも顔をのぞかせてきた。大人の股のあいだからも、小さな顔が突き出てくる。

「子どもは来るな」

見せたくないので大人たちは追い払おうとするが、子どもたちも仲間の受難を自分の目で確かめたいのか、次から次に集まってくる。きらきら輝く目に、不安の影が射すのも見て取れた。

ついには、大人たちの数をも上回り、町役人が棒を持って追い払った。それは、痛々しい光景だった。

しばらくして、

「八丁堀のお役人が来たぜ」

鮫蔵より先に、本所深川界隈を担当している定町回り同心の菅田万之助がやってきた。その後ろには、藤村の倅で、見習い同心の康四郎もいる。康四郎は傘を斜めにさしていて、表情はうかがえない。

こんな光景を、これから倅は幾度見なければならないのか。こういう光景を思うとき、八丁堀の同心なんぞになるべくして生まれた境遇を、かわいそうにも、すまなくも思ってしまう。

藤村と仁左衛門は、初秋亭にもどってきた。

朝飯を炊いたばかりだったので食うしかない。

味噌汁をつくる気もなく、ごま塩と沢庵だけで食うことにした。近頃ではいちばんまずい飯である。

片付けて、窓の外を見た。

本当なら、雨の大川も悪くない。陰鬱な色調も、落ち着いて静かな心持ちをもたらしてくれる。暗色にもまた、人をなぐさめる働きがあるということを、藤村はここへ来て初めて知った。

だが、今日だけはここにいたくない。少女が倒れている光景が、なかなか脳裏から消えていってくれないのだ。

「仁左。今日は帰ろうか」

「そうしましょうや」

そう言ったとき、下で怒鳴るような声がした。

殺された少女の身元がわかったらしい。

「おみつ！」

父親が駆けつけてきたのだ。その声が、初秋亭の二階にも聞こえてきた。

「おみつだ、おみつだ。なんてこった！」

まちがいなかったらしい。

　これは、あとで聞いたことだが、父の富吉《とみきち》は錺《かざ》り職人で、父娘の二人で佐賀町の裏店《うらだな》に住んでいるという。母親は早くに死んだ。

　父親が仕事から帰るまで、近所で遊んだり、子守を頼まれたりしていた。

　この日は、かくれんぼをしている途中でいなくなったという。

「なんで、おみつが。こんなことに」

　泣きじゃくりながら、そう言っていた。

　殺される理由はまったくわからないのだ。それはそうで、本来、子どもに殺される理由などあるわけがない。殺すほうの邪悪で、糞ったれの理由だけが押しつけられるのだ。

「嫌だねえ」

「帰ろう、早く」

　二階から下り、外に出たとき、ちょうど顔見知りの町役人が出てきたところだった。坊主でも呼びに行くのだろう。

「着物はまくってみたかい？」

　と、藤村が訊いた。

「ええ。きれいでした」

「そいつはよかった」

小さな子どもに欲望をぶつける情けない男たちが、少数だが存在する。そんなヤツラの牙《きば》にかかったのではなかったのが、せめてもの救いだった。

こうした事件は、奉行所でも最優先で取り組むはずである。でなければ、町の連中も黙ってはいない。

また、町の連中もこういう事件に限れば、面倒がらずに番屋などに目撃したことを届け出る。

おそらく下手人は捕まるだろう。

しかし、殺された子どもは、もどって来ない。


憂鬱な朝から三日ほどして——。

藤村たちにとっては、二度目の句会が開かれた。

今回は参加者の顔ぶれも違う。何度か替えてみて、いちばんおさまりのいいところに組み込まれるらしい。

今日は寺ではなく、参加者の一人である〈佐野《さの》屋〉の別邸が会場になった。佐野屋は、南伝馬町にある紙問屋で、充分、豪商と呼ばれていいほどの身代を築いていた。

別邸があるのは猿江《さるえ》町の小名木川沿いである。

素晴らしく品のいい家である。

広さはさほどではない。せいぜい百坪ほどだろうが、細かいところまでおそろしく手が入っている。二階に上がれば、小名木川の水景がのぞまれる。

だが、景色だけなら、初秋亭だって負けてはいないと藤村は思っている。大勢だと無理だが、そのうち会場のひとつとして使ってもらいたいものだ。

仁左衛門が、面識があったらしい佐野屋と話していた。

「隠居なすった？　それは羨ましい」

「そうですかね」

「あたしなんざ、おそろしくて息子には渡せません」

「なんとかなるもんでは」

「おそれすぎているのか。でも、だからこれまでやってこれたような気もしますし」

「佐野屋さんほど大きな商いになると、そうなのでしょうな」

「還暦の歳まで遊びとはほとんど無縁でした。すべて商いのため。このまま生を終えるのかと思ったら、急に寂しくなりました。そんなとき、俳諧と出会いまして。あれは句集を遺《のこ》せるのもいいですね」

とそこへ、入江かな女が入ってきた。

今日の着物は、青地にすっと横切るほととぎす。女たちが、思わずため息を洩らすような装いである。

題は、五月闇《さつきやみ》、それに、あやめや杜若《かきつばた》でもいいということだった。

今日も雲がかかってほの暗く、まさに五月闇である。あやめや杜若は、この家の庭にあるだけでなく、襖絵や掛け軸でもそれが準備されてあった。

このあたりのこまかい演出は、かな女師匠がもっとも得意とするところなのかもしれなかった。口うるさい連中に言わせると、かな女の俳諧の技量はさほどでもないらしいが、藤村が見るに、こうした演出や、着物の着こなしだけでも、弟子の数をどんどん増やしていけそうだった。

だが、今日の句会は低調だった。

この家の居心地がよすぎるというのも、原因のひとつかもしれない。

夏木も藤村も、のんびりしすぎてしまい、なかなか俳諧に集中することができない。

しかも、五月闇という課題が、なにか遠い記憶を呼び起こすのか、できてくる俳諧は懐古趣味のものばかりだった。

それは藤村だけでなく、ほかの出席者もそうだったらしく、途中、そんな相談をする人もいた。

「ご年配の方たちが、過去を懐かしむ気持ちもわかるのですが、それだけだと、俳諧は痩せ細ってしまいます。もっと、気概や希望が感じられる句も、お試しになってくださいませ」

かな女にそんなことを言われ、

「おい、年配の方だってさ」

と、藤村は夏木に囁《ささや》いた。

だが、今日の会員は女性が多いせいか、師匠の言うことに素直に従うという人は少ない。なかには、懐古の何が悪いのかしらというふうに、居直ったような中年女性もいた。

そんな女性の一人が、部屋の隅で浮世絵の束を持ち出した。

「ねえねえ、これ、見たことある？」

「ああ、知ってる、その人。いま、人気のある絵師よね」

「歌川重春《うたがわしげはる》でしょう」

「いいわよねえ」

「役者のようにいい男だそうよ」

女たちは全員知っていた。だが、藤村は知らない。藤村よりは世の流行に詳しいはずの夏木も知らないという。

どうやら、女主導のかたちで、急速に人気が高まっているらしい。歌舞伎役者の人気もそうしたもので、そのうち男の支持者も増えてきたりする。

人気の理由は、独特の懐古趣味らしい。

「ほら、この絵なんか」

「ああ、これって昔の万年橋のところよ」

「ほんと。重春って、深川をよく描くのよね」

「色がいいのよ。いっぱい色を使うのに、上品なの」

「ほんとそうよねえ」

「あたし、重春の絵を見てると、泣きたくなってきちゃう」

「ほら、あそこにこの店があったでしょ」

「あった、あった」

「なんたって、昔はよかったわよ」

「ほんと、そう。最近じゃ人情もすたれちゃって」

女たちの話は、脇で聞いていると、どんどん横にずれていく。だが、そんなことは誰も気にしないらしい。

そこへ、仁左衛門が勢いよく二階に上がってきた。

「いやあ、今日はまた一段と調子がよくて、いまのところ四十句までできた」

藤村も夏木もこれにはうんざりしてしまい、自慢げに開いた手帳をのぞきこむこともしなかった。

二

「火事で焼けた番屋はいつ、建て直すんだ？」

と、藤村は初秋亭の二階から、番屋の外にいた町役人の若いヤツに声をかけた。

「それが、あの土地を欲しいという人がいましてね」

と、若者が答えた。

「なんだと。では、向こうは売り払って、番屋はずっと、こっちに置くつもりか」

「とりあえず、しばらくは」

「冗談じゃねえぜ」

と、そこへ――。

仁左衛門が懐かしい男を連れてきた。

「おう、竹っぺではないか」

四人の仲間ほど親しくはなかったが、ときおりいっしょに泳いだ竹蔵である。たしか、船松町のほうの炭屋の倅だったはずで、真っ黒い顔が泳ぐたびに真っ白になるので、そのつどからかったりしたものだった。

「夏木さま。お久しぶりですねえ」

夏木に頭を下げた竹蔵に、

「おいらは覚えているかい」

と、藤村が訊いた。

「もちろんでさあ。だいたい、藤村さんは、町で何度かお見かけしてますよ。町回りの同心さまでしょ」

「声をかけてくれたらよかったじゃねえか」

「いや、八丁堀の旦那には声をかけにくくてね。それに、旦那はいつも急ぎ足でしたから」

「そうだったかい」

「そう言えば、仲がよかった浜田さまは？　三次郎《さんじろう》さまとおっしゃいましたね」

「浜田か。浜田は死んだ……」

四人の仲も疎遠になっていたのだが、十年ほど前、仲間の浜田が事件を起こした。昔の友人たちに金を無心してまわり、挙句、切腹までしてしまったのだ。どうも信心がからんだりして、謎の多い事件だったが、真相はいまだに藪《やぶ》の中である。

「そうでしたか」

「ここがおいらたちの隠居家だ。上がってくれ」

「へえ。羨ましいねえ。隠居ができる身分は」

「いいことばかりじゃないぞ」

「あっしなんざ、倅たちといっしょに朝から晩まで働きづめ。とても隠居なんざ」

ひとしきり茶を飲んで話をし、

「また、顔を出しますよ」

と、帰っていった。

その後ろ姿を見送って、

「よう、藤村さん」

と、仁左衛門が言った。

「なんでえ、仁左。急にしょぼくれた顔して」

「このあいだの佐野屋といい、竹蔵といい、隠居したこっちの身分が羨ましいなんぞというけど、あいつらほんとは隠居なんかしたくないいんじゃねえかな」

「そう思うかい？」

「だって、あいつら生き生きしてるよ。暇なあっしらより、あいつらのほうが、楽しそうだもの」

「そう見えないでもないな」

「あっしは、早まっちまったかなあって思ったりもするんだよ。あと、何年かは、倅に家督を譲らないまま、頑張ってみたらよかったかなあって。そうしながらも、初秋亭みたいなことはやれたんだもの」

「うむ」

「いや、人間、死ぬまで働くのが本当なんじゃねえかと思ったりもするのさ」

「仁左、働くさ」

と、藤村は仁左衛門に笑いかけた。

「え？」

「隠居だって働ける。隠居が働いていけないことはない」

「何をするんだい？」

「世のため、人のためさ」

「やれるかよ」

「やれるさ。いや、やるさ」

「でも、同心はやれねえだろう」

「当たり前さ。いまさら、やれるわけがねえ。まあ、もうちっと、待ちねえよ。もう少し、計画にめどがついたら話すからさ」

「………………」

仁左衛門は急に落ち着きをなくしたようになって、せかせかと家中の雑巾がけを始めていた。


「やっ、とう」

藤村は、夕方になってから自宅の庭に出て、木刀を振っている。

山県と斬り合ってからは、とくに退くときの足さばきに気をつけている。

「しゃっ、ちぇっ」

木刀を振っているあいだも、朝、聞いた仁左衛門の言葉は耳に残っている。それは、藤村にとっても切実なものだからだ。

第二の人生はいい景色の中で始めたかった。

その望みは叶った。

だが、毎日、ぼんやり景色を眺めて暮らすのはつまらない。俳諧一筋にもなりきれないだろう。

だが、やれることはあるはずなのである。

「かっ、きぇっ」

木刀を真剣に替えた。緊張感がちがってくる。

上段。下段。突き。袈裟がけ。逆袈裟。

さまざまな動きをするようにしている。

そうすることで、全身の筋肉を動かすことができ、衰えを防ぐことができる。

歳をとると、どこか一部が曲がらなくなっている老人をよく見かける。筋を伸ばすことをやめたから、固まってしまったのだ。

まんべんなく身体を動かせば、それは防ぐことができる。

これからは一日一日が勝負なのだ。どれだけ動けるかは、どれだけ丹念に全身を鍛えるかにかかってくるのだ。

「よっ、うっ」

汗びっしょりになってきたころ、

「お精が出ますね」

ふと、声がかかった。

生垣のあいだから、瘦せた顔がのぞいていた。隣りの船井《ふない》家の後家である。まだ三十を超さないくらいの歳のはずだが、ずいぶんと老けて見える。

当主だった船井洋蔵《ようぞう》は、六、七年前に橋の崩落事故に巻き込まれて亡くなった。まだ幼い娘がいるだけだったので、親戚から男の子を養子にもらった。

その養子は、この春から、定橋掛の見習いとして出仕している。康四郎よりもっと年下で、まだ十七だという。朝、出ていくようすは、かわいらしいほどである。

「なあに、動かさないとなまってしまいますのでな」

「そうです、そうです。身体もそうですが、気持ちなども、どんどんなまっていきます」

「はあ」

昔からそうだったか、あまり表情なく話すので、少し気味が悪い。

八丁堀は町方同心の家が集まるところで、奥方や新造《しんぞ》たちも独特の気遣いを強《し》いられる。加代のように八丁堀で生まれ育った者ですら気遣いは大変なのに、よそから嫁にきた妻女はなおさらである。

隣りの妻女はそのよそから来た口《くち》だった。

稽古を終え、家に上がると、加代が寄ってきた。

「いま、お隣りから話しかけられませんでした」

「かけられたよ。それがどうした？」

「なんておっしゃってました？」

「別にたいしたことは。なんで、そんなことを？」

「あのお方、ちょっと、悩んでいるらしくて」

と、不安そうな顔をした。

相川町に上がった少女の遺体、おみつ殺しについては、総力をあげて聞き込みがおこなわれているらしく、番屋への出入りが頻繁である。

鮫蔵も七、八人ほどいる子分たちを目一杯動かしているらしい。

そば屋に入っても、湯屋に行っても、もちろん海の牙でも、深川中がこの話でもちきりである。

毎日、この件に関する瓦版なども出ているらしい。

世間の関心はどんどん高まっていった。

自然、さまざまな話が耳に入ってくる。

そうした話によると、おみつは富久町《とみひさ》にある〈久六屋《きゅうろく》〉という大きな傘屋の裏手あたりでいなくなったらしい。

しかも、その現場近くで、白い着物を着た男と、黒い着物を着た男が、別々に多くの人によって目撃されている。

この日も、藤村と夏木が近くのそば屋で昼飯を食っていると、店のおやじと客とのあいだで、その話が始まっていた。

「白い着物だなんて、下手人は洒落者だな」

「そうでもねえらしいよ。かなり汚れていたそうだから」

着物が汚れていたというのは初耳で、二人とも思わず聞き耳を立てた。

そばを食べ終え、そば湯を飲みながら、

「汚れた白い着物とはどういうのかな？」

と、夏木が訊いた。夏木も好んで白い着物を着るが、もちろんいつも眩しいくらいの白い着物である。

「その野郎が買った着物じゃないかもしれねえな」

「下がりものか」

「ああ。あのあたりの店のあるじで、誰かに白い着物をやったというヤツを当たればいいかもしれねえ」

「藤村、それは康四郎に教えてやればよいではないか」

「なあに、同心の菅田や鮫蔵が、そこらあたりをちゃんとやらねえはずがねえって」

菅田と鮫蔵は、どちらもやるべきことははずさない。それは、げむげむ坊主の一件でもわかったことである。

三

町方の探索に首を突っ込むつもりは毛頭ないが、藤村は退屈ということもあって、おみつが殺されたというあたりに出かけてみた。

富久町は油堀《あぶらぼり》と富岡《とみおか》川に沿った一画で、隣りは三河西尾《にしお》藩六万石の大名屋敷になっている。油堀のほうには、一つ道をはさんで、鱗形のつくりで有名な三角屋敷という建物もある。昔、ここで起きた陰惨なできごとが、芝居のネタに使われたりしているが、こことは距離もあり、おみつの事件とはなんの関わりもないだろう。

久六屋はその大名屋敷側にあり、蔵のある裏手には原っぱもあったりして、現場と思われるあたりは意外な盲点になりやすい地形になっていた。

どうも、おみつはほかの子どもたちと、この周辺でかくれんぼをしていたらしい。

藤村はその原っぱに立ち、半刻ほどのあいだに起きることを検討した。どんな用件がある者がこの近くを通り、どんな物音が聞こえるのか。おみつが最後に子どもたちと話したのは、昼の七つ時だったらしい。本当なら、同じころにやるのがよいのだが、藤村はもう同心ではない。

それに、そんなことはもう、菅田や鮫蔵もやっているはずである。

まさか遺留品はもう探し終えただろうから、藤村は次にこの現場を遠くから眺めることにした。これも、同心時代には必ずやってみたことで、そこで起きるかもしれないさまざまなことが予想されうるのだった。

富岡川の対岸に立ち、向こう岸の久六屋の裏手にわずかに見える原っぱを、丹念に見つめていた。

すると、倅の康四郎がやって来たではないか。

一人で来たのは、萱田に命じられたからか、あるいは自分なりの調べをしたいと思ってのことなのか、それはわからない。

だが、とりあえず、いろいろと歩きまわり、気づいたことは手帳に記しているらしい。

藤村は、隠れたまま、どこを調べるか見ていた。

どうやら、隣接した家の塀をくわしく見ているようだ。そこから出入りがあれば、不自然な足跡や傷がついていることも考えられる。

いちおうは見たが、まだまだ甘い。大名屋敷の塀のほうは、まったく無視している。たとえ、町方が手を出せなくても、屋敷の者の犯行を疑ってみることが必要なのは言うまでもないだろう。

康四郎が去ると、ちょうど入れ替わるように、鮫蔵が子分一人を連れてやってきた。鮫蔵が調べるところも、藤村は隠れて眺めた。

さすがに鮫蔵はこまかい。ちゃんと、大名屋敷のほうの塀を丹念に見ただけでなく、掘割のほうに行き、そこでも縁を舐《な》めるように見つめていく。

やはり、鮫蔵はただの悪党ではない。きわめて有能な岡っ引きなのだ。

　ふと、鮫蔵の視線がこちらに止まった。目を細め、じぃっとこっちを見つめている。

　――まさか、ばれたのか？

　二十間は離れているし、藤村は木の陰からわずかに片目を出しているだけである。それでも、鮫蔵は景色の中で違和感を感じたというのか。

　こちらも動いてはいけない。動けば、隠れていることが知られ、正体までわかって恥をかくことになる。

　ようやく鮫蔵は、木の株かなにかと判断してくれたらしく、やってきたほうにもどって行った。

　それにしても、康四郎や鮫蔵があいついで久六屋の塀を探りに来たというのは、だいぶ下手人の見当がついたのではないか。

　手口を再度、確かめるために来たのではないかと思えるような行動だった。

　藤村の勘は当たった。

　それからわずか二刻ほどあと、海の牙で夏木、仁左衛門とともに飲んでいると、早くも飛び込んできた客から、

「例の下手人が捕まったらしいぜ」

という報《しら》せが伝えられた。

「どういうヤツだ？」

藤村が訊くと、見覚えのあるその常連客は、

「久六屋に出入りしていた傘屋の一人だったらしいぜ」

と、答えた。

次にやってきた客は、町役人の兄貴から聞いたと言って、

「どうやら、久六屋の品を裏から横領しようとしていたところを、かくれんぼをしていたおみつに見られたと思ったらしい。というのも、おみつは隠れている子どもがいるのかと思って、『見ぃつけた』と言ったそうなんだ。それで逆上したその野郎は、すぐにおみつの首を絞めたそうだ」

という、新しい話を伝えた。

店にいた他の客からも、

「どんだけ馬鹿な野郎だ」

「獄門だけじゃ足りねえな」

「かわいそうによぉ」

と、つづけざまに非難と同情の声があがった。

「黒い着物のほうか、白い着物のほうか？」

藤村が訊ねると、

「白です。黒はまったく関係なかったようです。久六屋のあるじがけっこうかわいがっていた男で、お古をあげたものだったそうです」

「それにしても早いな」

昼間のあの時点では、まだ下手人はあげていなかったはずである。

「ええ。もろいもんだったようです。鮫蔵が事情を訊くので、番屋に入れると、一度、脅されただけで、すぐにげろったそうですぜ」

情けない野郎なのだ。そんな男と、おみつというわずか十歳の子の生涯が交差してしまったのは、悪夢のような偶然だったのだろう。

あとは、菅田や鮫蔵たちが、万端、遺漏なく、ことを運んでいくにちがいない。

ただ、藤村にはひとつ、疑問が残っていた。

――同じ時刻に、あれだけ多くの人に目撃された黒い着物の男とは、いったい何者だったのか。

ない。


下手人——新三《しんぞう》という名で、歳は三十八になっていた——が捕まったその翌々日。

藤村はふたたび、おみつ殺しの現場を訪れていた。仁左衛門も誘った。このところ、いくらか元気をなくしていた仁左衛門だったが、藤村の誘いには喜んで応じた。

下手人はあがったのだから、もう町方の者も、こんなところをうろついたりはしない。

「黒い着物を着ていた男は、どこにいたんだい？」

桶屋のおやじに訊くと、富岡川の対岸で、小旗本の屋敷が数軒並ぶところを教えてくれた。

「ここです。この桜の木の脇に寄りかかるように立ってました」

「このあたりだな」

仁左衛門と二人、同じ位置にずっと立ってみる。

原っぱだけを眺めるなら、このあいだ藤村がいたあたりのほうがいいが、ここも見えなくはない。

「藤村さん、何が知りたいのさ？」

「なあに。その野郎は、もしかしたら、おみつが殺されるところも見ていたのではないかと思ったのさ」

「あ……」

仁左衛門はそんなことは思ってもみなかったらしい。

「それはひでえな」

「許せねえだろうよ」

「まったくだ」

この日も小雨がぱらつく日で、久六屋の古くどっしりした建物は、陰鬱さよりは荘重な趣を湛《たた》えていた。

「あれ……」

「仁左。どうしたい？」

「なんか、ここから見る景色は見覚えがあるよ」

「見覚えだって？」

「ああ。まるっきり同じ景色を……あれ、どこで見たんだっけ……」

それからすぐ、

「わかった。歌川重春の絵だよ。あっしも、句会であの婆さんたちに教えられてから、すっかり気に入ってしまい、絵を三十枚ほど買ったんだよ。そのうちの一枚に、ここととそっくりのものがあったのさ」と言った。

「ああ、あの絵か……」

色合いの美しい、懐古趣味にあふれた絵だった。

「持ってくるよ、藤村さん」

「え？」

「家にあるから、いますぐ持ってきて、比べてみたらいいさ。寸分たがわぬくらい、この光景とぴったり一致するから」

仁左衛門はすぐに、北新堀町の家に取って返し、その絵を持ってもどって来た。

「ほら、どうだい」

「ほんとだ。こりゃあ、まったく同じだ」

家のかたちは本当に寸分たがわない。ちがうのは、久六屋という屋号と、商いが傘屋であるのが、重春の絵では、屋号のところは〈御影堂〉とあり、商っているのは扇であるらしいこと。あとはまるで変わりがなかった。

「だが、おかしいな」

と、藤村は言った。

「何がだい」

「重春というのは、およそ三十年前の江戸を描く人なんだろう。三十年のあいだに、このあたりも何度か火事で焼けたはずだ。それが、こんなにそっくりの建物が残っているもんかねえ」

「なるほど……藤村さん、そいつは久六屋で聞けばいいさ」

その重春の絵を持って、藤村と仁左衛門は久六屋を訪ねた。

するど、意外な話が聞けたのである。

「三十年前の建物なんですかい？」

「ええ。これは運がよくてね、このあたりで起きた二度の大火でも類焼を免れました。だから、当時と同じ建物なんです」

と、六十がらみの手代が教えてくれた。

「御影堂というのは？」

「それは、三十年近く前につぶれた店でした」

「この絵……」

と、仁左衛門が広げた。

「あ、それね。よく描いてますよね。あっしも大好きです。よほど、昔のことを覚えている人なんでしょうな」

そう言った手代に話の礼を言い、藤村と仁左衛門はもう一度、さっきの場所にもどった。

「あの日、ここで何刻ものあいだ立ち尽くしていた男は、その重春だったんじゃねえだろうか」

と、藤村が言うと、

「それはないよ。だって、重春はもう、その絵を仕上げてしまったんだぜ。あっしはそれよりも、その重春の絵が好きでたまらねえヤツが、絵と照らし合わせるように、この景色を見ていたんじゃねえのかなあ」

仁左衛門はそう言った。

「おいらも、一瞬、それを考えた。だが、仁左。それはちがう」

「どうしてだい」

「だって、この景色はたしかに絵とほとんど同じだが、絵のほうがはるかに素晴らしいぜ」

「ほんとだ、絵のほうがはるかにきれいだ」

「だったら、絵を好きなヤツなら、なおさらこの景色に見入るより、絵のほうに見入ってしまうだろうよ」

「なるほどなあ」

絵の色彩は、三十年前のものなのか。

あるいは、三十年の歳月がつくりあげた幻の美しさなのか。

藤村と仁左衛門は、しばらくのあいだ、実際の光景と絵の光景とを、交互に見つづけていた。


「〈釜屋《かまや》〉さん。お久しぶりだ」

「うえっ、藤村の旦那じゃねえですか」

店の前に立った藤村慎三郎の顔を見て、思いきり顔をゆがませたのは、南伝馬町二丁目にある版元釜屋のあるじの新右衛門《しんえもん》だった。

「そんなに嫌な顔をしなくてもいいじゃねえか、釜屋さん」

「いやあ、八丁堀の旦那衆の顔だけは、いつ見てもどきりとしますよ」

「なあに、おいらはもう、八丁堀の同心じゃねえ。引退しちまった」

「そうでしたか」

と、釜屋新右衛門は少しホッとした顔をした。

いまから三年ほど前、春画の発行のことで、この釜屋を締め上げたことがあった。

結局、釜屋はお咎めなし、別の版元が手鎖の刑を受けたりしたのだが、そのときの恐怖がよくよく頭に残ったらしかった。

「それで、今日は？」

「ああ、じつはこの絵描きについて訊きたいことがあってさ。いい絵だなあと思ってみたら、あんたのところが版元だったので、驚いたってわけさ」

「そうですか。重春の絵でしたら、お上も文句のつけようがございませんでしょう」

と、釜屋はまだ、警戒の気持ちを残したような口ぶりで言った。

「まったくだよ。ところで、この歌川重春を見つけ出し、こんなに売れっ子の絵描きにしたのは、釜屋さんの力だというじゃねえかい」

ここに来る前に、藤村は重春と釜屋のことをいろいろと訊きこんできたのである。

「そう言っていただけると嬉しいですが、重春のほうはそんなふうに思っていねえかもしれませんよ。作風を無理に変えさせたひどい男と、内心では恨んでいるかもしれませんからね」

「初めて会ったのはいつのことだい？」

「もう五年ほど前になります。そのころからいい絵を描いてはいたんです。でも、まったく売れなかった」

「ほう」

「それまでもさんざっぱら苦労してきた男のようです。子どものときは、深川の大店の一人息子です。かわいがられて育ったそうですぜ」

「なんていいう店かわかるかい？」

「御影堂かい？」

「なんていいましたかね。扇をつくって売っていた店です」

「そうです。御影堂てえのはほかにもいっぱいありますが、重春のところは、富久町の、例の三角屋敷の近くだったそうです」

「やっぱりな……」

重春は生まれ育った家を眺めていたのである。

「ところが、その御影堂は三十年ほど前につぶれ、それからというのは、本当か嘘か知らないが、湯島で坊主相手に春をひさいでいたという話を聞いたこともありますよ」

「だが、釜屋さんと会ったら、いっきに才能が開花したってかい？」

「いいえ、あっしが頼んだのは、色合いを変えてくれということだけでした。それまでは、重くてくすんだ色ばかり使っていたのです。見る者の気持ちまで暗くなるような色づかいでした」

「想像がつくわな」

「だが、あたしはきれいな色の組み合わせでやらせたんです。図柄はそれまでどおり、古い町並みを描くのでかまわねえ。色合いだけ、きれいで、明るくて、派手にしろと。すると、あっという間に、女子《おなご》どもの人気が跳ね上がったというわけです。いまじゃ、初版で三千枚も刷る売れっ子ですよ」

「てえしたもんだ」

三千枚という数がどういうものなのか知らないまま、藤村は言った。

「だが、重春からすれば、いまでもくすんだ色づかいのほうが、てめえの絵だと思っているでしょうね。版元と絵描きというのは、いつもそういうものでさあ」

釜屋は嘆いているのか、誇っているのか、よくわからなかった。

四

「歌川重春さんだね」

藤村が声をかけると、顔が長く、意外に背の高い男は、答えずに静かに見つめ返してきた。誰かが、役者のようないい男だなどと言っていたが、そんなことはなかった。あまり繊細さを感じさせない、馬のように間のびした顔だった。

深川とは大川をはさんだ対岸にある北新堀大川端町。そこが、歌川重春の住まいだった。

最初、重春の住まいを訊《たず》ねても、釜屋は教えてくれなかった。だが、調べるのは難しくなかった。重春の絵に恋焦がれる娘どもの多くが、重春の住まいまでちゃんと知っていたからである。

家は深川かと思っていたら、意外に川向こうだった。

藤村たちが、深川から西の岸を眺めているように、歌川重春は毎日、向こう岸から深川を眺めていたのだ。

声をかける前に、藤村は何度か家のたたずまいを見、暮らしぶりも探った。

結婚して、子どももいるのは意外だった。

――人生の先に、夢を馳《は》せたこともあったのだろう。

と、思った。そして、それは儚《はかな》い希望だったのだろう。

「どこにお出かけかな」

歩き出した重春に、藤村は並びかけながら訊いた。日は少し前に暮れたが、まだ淡い光が残っていた。ほかにも店々の明かりが輝き、本格的な夜の暗さはまだ訪れてはいなかった。

「煙草を切らしましたのでね」

と、今度は答えた。

「では、そこまで付き合いましょう」

「ご勝手に」

重春はふわふわ浮くような足取りで歩いた。

「お若いので驚いた。三十年前はいくつだったのかね？」

「まだ、五つでしたね」

「それにしては、よく覚えてなさる。おいらのような五十過ぎの男でも忘れてしまったような古い江戸の光景を」

「きっと、それしか覚えていたくないからですよ」

重春はさらりとそう言った。

「なるほどね。深川の絵が多いが、全部、記憶の中の絵なのかい？」

「そうです。長いこと深川には足を踏み入れなかったんだけど、一通り、昔の絵は描き終えたので、久しぶりに深川を歩いてみた。三十年前の光景など、ほとんど残ってはいなかった。いくら火事があったりしたからといって、あれほど古い風景を捨ててしまわなくてもいいのにと思いましたよ」

「でも、一箇所だけ、残っていたはずだがね」

「ああ、富久町のね。でも、あの家も外見こそ同じだが、中身はまるで違う。かつてあの家に住んだ人たちは、あそこにはいない……」

「あんたが、あの懐かしい家をずうっと見つめていたとき、あの家の脇で、小さな娘が首を絞めて殺されてね」

「…………」

「もし、そのときに誰かが見て、大声でも上げてくれたら、あの娘はおそらく殺されずにすんでいた」

「そうかもしれない」

「見てたんだろう。あのとき、小さな娘が殺されかかっていたところを？」

「見えてましたね」

嫌な言い方だった。

「なんで、助けなかった？　いや、直接、助けられなくとも、なんで大声のひとつも出さなかった？」

静かな口調で藤村は訊いた。

ふと、重春は足を止めた。少し先に、煙草屋があり、提灯《ちょうちん》に火が灯っていた。

「だって、あの娘も、あそこで死んでおけばよかったと思うかもしれない」

と、重春は藤村を見て、そう言った。かすかに笑顔の気配さえあった。

「なんだって」

激しい怒りがこみあげてくる。両手に力をこめ、怒りが爆発しないよう努めた。

「わたしも、あのとき、商売が潰《つぶ》れて、家を明け渡したとき、死んでいたらと思うんです。五つのときに死んでいたら、どれほど楽だったろう。幸せは永遠のものになっていただろうって。だから、あの娘だって……あのときはそこまでも考えずに、ただ原っぱが見えていただけだったけど、いま考えても、あれでよかったって」

「………」

藤村は呆れて、この男の目を見た。目は空洞だった。どんよりと開き、何も映していないようすがなかった。

——ああ、こいつは、もう死んでいるのだ。

と思った。怒鳴ろうが、殴ろうが、こいつには通じない。どこか、自殺してしまった旧友の浜田の、最後のころに似ている気がした。

藤村は、そこで踵《きびす》を返した。重春がそのまま煙草屋に入ったのかどうか、それも確かめることはしなかった。

人気絵描きの歌川重春が死んだ。その報せは、翌朝には深川中を駆け巡り、昼過ぎにはもう、瓦版すら売られていた。

藤村が会ったその夜のうちだったらしい。

火の見櫓で首を吊った。そこからは深川の夜の町並みがよく見えていた。

葬儀は、翌々日に、深川の法信寺でおこなわれた。海の牙からもすぐのところである。

葬儀には、女たちがわんさか押しかけたという。

川向こうからやってきた女たちが、しばし思い出を語り合おうと、永代橋のそばにある海の牙にもやってきた。

あるじの安治の話では、女は皆、さめざめと泣いていたらしい。亭主が死んでも、あんなふうには泣かないと、安治は笑った。

「だが、あっしもあの絵は好きだ」

と、安治はそうも言った。安治は重春が死んでから、その絵を初めて見たのだった。

「明るい色を使ってはいるけど、どこかに暗さの漂う絵だよな」

そう言って、安治は壁に重春の絵を三枚ほど貼った。そのうちの一枚は、あの富久町の実家を描いた絵だった。


重春の葬儀があった日のことである。

藤村は永代橋界隈がやたらと混んでいたので、寄るつもりだった海の牙には寄らず、初秋亭からまっすぐ家にもどって来た。

薄暮《はくぼ》の空に見えている雲のかたちが、夏のそれである。

ふと、隣りの船井家の庭で、真ん中に生えているクスノキの枝が揺れているのが見えた。風がないのにもかかわらず。

とくに、横に突き出た枝が……と思ったとき、藤村は船井家の門戸を蹴破るように開けると、いっきにクスノキのあるあたりに進んだ。

あの未亡人が、首に縄をかけ、足元の台を蹴ろうとしているところだった。青ざめた顔に生気はなく、一瞬、藤村と目が合ったはずだが、表情に変化はなかった。

「やっ」

藤村がすばやく剣を抜き放ったのと、未亡人が足を蹴ったのは同時だったろう。

宙に止まるはずの未亡人の身体は、縄を斬られて首の支えをなくし、そのままどさっと地面に落ちた。地面には草も生え、怪我の心配はなかった。

藤村は、いちおう無事を確かめると、すばやく庭の隅に行き、

「加代、いるか。ちと来てくれ」

と、妻を呼んだ。

加代は近くにいたらしく、すぐにこっちの庭にまわってきた。

「どうなさいました？」

「首をくくろうとされた」

「まあ」

加代はぐったりしている未亡人の頬を手のひらでこすりながら、

「船井さま。早まったことをされてはなりませぬよ」

と言い、さらに藤村に向かって、

「わたくしがお話をうかがいます」

家にもどっているようにと、目で合図をした。

藤村は家にもどった。加代はごぼうを刻んでいる途中だったらしく、家の中にはごぼうの匂いが満ちていた。

袴《はかま》を脱ぎ、縁側で煙草を吹かしながら、加代がもどるのを待った。

加代は四半刻ほどしてもどってきた。

「どうだった？」

「だいぶ落ち着きましたので」

「何かあったのか」

「いいえ、とくには。長いあいだの不安や苦しみが積もり積もって、水があふれるように首をくくろうと思ってしまったようです」

「それで」

「お気持ちはわかりますと申し上げました」

「…………」

首をくくろうとした者の気持ちがわかるのかと、どきりとした。

「全部、正直に語ったかどうかはわかりませぬが、それほど変わったお悩みを抱えていたのではないでしょう。だいたい、八丁堀に住む女たちは、カゴの中の鳥のようなもの。そうそう人と違った悩みなど、持ちようがございません」

加代の目が宙を強く見つめているようだった。

「子どもの悩み。夕方になると足元から這い上がってくるような寂しさ。死んだ夫への、もう何度も突き詰めたはずの怒り。そうしたさまざまなものが、まぜこぜになって、気持ちを暗く塗りつぶしてしまったのでしょう。これからは、もうすこし、話し相手になりますと申し上げました。わたくしもいろいろとご相談しますからとも」

「うむ、そうか……」

「夕飯のしたくが途中になってしまいました。お隣りにもお菜《さい》をおすそわけいたしましょう」

加代はそう言って、台所に向かおうとしたが、ふと振り返り、

「お前さま」

「なんだ」

「よいことをなさいましたな」と、笑った。

三日ほどして明けた朝は、まさに真夏のそれであった。強い日差しが、夜明けとともに降りそそいでいた。

藤村慎三郎と、夏木権之助と、七福仁左衛門は、大川の岸辺に裸で立っていた。

川風があったが、まったく寒くはなかった。

「何年ぶりだろうな」

藤村が一足だけ水に入れてから言った。

「わしはまさしく四十年ぶりだ」

と、夏木は少し恐々《こわごわ》と言った。

「あっしだって、大川はもう十年、入ってなかったもの」

水に全身を浸《つ》けようとするそのまぎわ、

「そうだ。言っておきてえことがあった」

と、藤村が言った。

「なんだ」

「また、おかしな提案かい？」

「そんなものだ。おいらたちはここで、隠居を始めたが、別段、世捨て人になろうなんてえつもりじゃねえ。むしろ、逆だ。これからこそ、世のため、人のため、おいらたちが得た経験と、智恵と、人とのつながりと、そういうものを生かすのだ。困っている人を助け、泣いている人を励ますのだ」

「ほう、それはよいのう」

「それでこそ、正しい隠居の道だぜ」

「奉行所がやるような、大変なことをやるんじゃねえ。布袋屋のおちょうを見つけたときのような、あるいはげむげむ坊主の彫り物を探したときのような、あの程度の仕事だ。それで金になるなら、金ももらう。金にならないなら、ならなくてもかまわない。新しい江戸の稼業だ」

「ちょうどいい。番屋に言っておけば、そういうことは隣りの人たちに相談してみてはと言ってもらえるぞ」

「その手の相談ごとは、この江戸に山ほど転がってるもの」

「だが、心配もある」と、藤村は言った。「おいらたちは、いつまでやれるかだ」

「まあ、それは三人、力を合わせて」

「そうすりゃ、なんとかなるって」

三人はゆっくりと身を大川に浸した。冷たさに皮膚がきゅんと引き締まる。たちまち、身体は四十年前の水の記憶を取り戻していくのが実感できた。大川の流れは、あのころと変わりなかった。のたくるような、大きなうねりだった。

泳ぎながら、三人はめいめい大声でしゃべり出した。

「これから、どれだけここで過ごせるか」

「なにせ、一寸先は闇だからな」

「だが、そう暗くなっても仕方がない」

「そう、楽しみつつ、この世を味わいつつ」

「といって、振り返るだけでなく、何か新しいこともしつつ」

「やっていこうではないか」

石川島の脇を泳ぎきると、夏空の下、江戸湾の海がはるかに悠々と広がっていた。

夏木権之助の猫日記（一）　化け猫の妻

一

〈初秋亭〉ができて二年近く経ち――。

夏木権之助という人は、もしかしたら猫探しの名人なのではないかという評判が立ち始めたころの話である。

近所の者らしい男が、玄関口からのぞくようにして、

「こちらに猫のことならなんでもわかるというお武家さまがいると聞いたのですが」

と、言った。

ちょうど夏木が一人で留守番をしていたところで、

「猫のことならなんでもわかる？　そんな猫使いみたいな者はおらぬが、どうかしたのか？」

「ええ、あっしはそっちの豆腐屋のわきを入った長兵衛《ちょうべえ》長屋に住む巳之吉《みのきち》ってもん

ですがね、どうもうちの長屋に化け猫が出入りしているみたいなんですよ」

「化け猫？」

話にはよく聞くが、夏木はまだ見たことがない。

とくに見てみたいとも思わないが、逃げ出すほど怖いとも思っていない。

「良太《りょうた》ってのがいるんですよ、うちの長屋に。それで、その野郎のところに夜な夜な猫がやって来て、朝方、帰って行くんですが、なあんか二人の甘い声が聞こえてくるんです」

「女の声もするのか？」

「女の声のほうは、にゃあんとかいうやつなんですが、良太は意味がわかるみたいで、ちゃんと会話するんです」

「なるほどな」

しかし、そういうのは珍しくない。夏木もときどき、猫としゃべったりする。なんとなく猫の言うことがわかるような気もするし、別にそれが頓珍漢《とんちんかん》であっても、たいしたことではない。

「それで、長屋の連中は、あれはほんとは猫じゃなくて、女なんだ、化け猫なんだと。良太ってのは、瓦版《かわらばん》屋の見習いかなんかしていて、江戸中いろんなところをほっつき歩いているんで、どっかで祟《たた》られたんじゃないかってね」

「ふうむ」

「また、良太ってのは、妙にやさしげで、いい男なんですよ。それで、化け物だってあいうのには、ひっつきたいのかもしれません」

　夏木は苦笑して、

「だったら、当人に訊《き》けばいいだろうが。その猫、どうしたんだと。まさか化け猫じゃないよなと」

「いやあ、それが当人には言いにくいんですよ」

「なんで？」

「良太ってのは、ほんといいやつなんですよ。気は弱いし、おとなしいし、もしもあれが化け猫だったとわかったら、がっかりして大川あたりに飛び込んじゃうんじゃないかと心配でしてね」

「それで、わしに化け猫かどうか確かめろというわけか？」

「ええ。それで、化け猫だったら、先生に退治してもらいたいと」

　巳之吉とやらは、大真面目な顔でそう言った。

二

夏木はまるで信じてなかったが、いちおうその良太の話を聞きに行くことにした。

夕方である。

良太はもどって来ていて、夏木が、

「ここに来ているという猫のことを訊きたいのだがな」

と声をかけると、

「はあ」

驚いたような顔をした。

といって、なにか後ろめたいことがあるわけでもなさそうである。巳之吉が言ったように、気の弱い性質《たち》なのだろう。江戸っ子といっても、誰も彼も威勢がよくて、肩をそびやかすようにして生きているわけではない。良太のような気の弱い若者も大勢いる。

「夜になると、ここに来るんだってな？」

「そうなんです。半月ほど前ですが、あっしが目刺し一匹をおかずに飯を食おうとしたところに、ちょうどあの猫がやって来ましてね、ひどく腹を空《す》かせているようでした。おめえにやる分はねえよと言ったんですが、やっぱり可哀そうになって、目刺しの半分をやっちまったんです。それから、夜になると来るようになりましてね」

「野良《のら》か？」

「いや、首輪をしてます。まだ仔猫《こねこ》ですので、迷い込んで来たんでしょうが、あっしになついたみたいでしてね」

「猫と話したりもするのかな」

「ええ。あっしは、猫ってのはしゃべってると思いますよ」

「いや、わしも同感だ」

「お武家さまの猫……じゃないですよね？」

この問いには、なんのために来たのかという疑念も混じっている。

「うむ。わしは、しばしば猫探しを頼まれるのでな。いちおう、近辺の猫のことは頭に入れておきたいのさ。邪魔したな」

と、良太に背を向けた。

だが、夏木は帰らない。

その猫を一目見てみようと、長屋の井戸端の目立たないところに腰を下ろし、猫が来るのを待った。

暮れ六つ近くなって、仕事に出ていた連中も次々と長屋に帰って来る。夏木のことをいぶかしげに見る者もいるが、問い質《ただ》したりはせず、自分の家に入って行く。仕事の疲れで早く一休みしたいか、飯のしたくにかかりたいのだ。長屋ならではの、夕暮れの慌ただしさである。初秋亭がなかったら、こんな雰囲気を味わうこともなかっただろう。

——ん？

猫の気配がした。路地からではなく、夏木がいる後ろのほうから、すうっと黒い猫が現われた。

——こいつか。

尻尾《しっぽ》のところにわずかに白い毛のある黒猫である。どこかで見たような気もする。ちゃんと首輪もしている。赤い紐《ひも》に鈴がついた、可愛らしい首輪である。

黒猫は、良太の家の前で、

「にゃあ」

と鳴いた。すぐに戸が開き、黒猫がなかに入ると、ふたたび戸は閉じられた。

三

その翌日——。

やはり暮れ六つ近くなって、

「旦那《だんな》。てえへんです」

と、巳之吉が飛び込んで来た。

「どうした？」

「良太がとうとう化け猫を女房にして、長屋を出て行きました」

「なに？」

夏木がすぐに長兵衛長屋に向かおうとすると、

「あっしも見に行くよ」

と、仁左衛門も飛び出して来た。藤村と仁左衛門には、今朝、昨日のことは話してあった。藤村のほうは、

「へっ」

と、鼻で笑っただけである。

長兵衛長屋に来てみると、住人たちはたいがい外に出て、空になった良太の家の前に集まっている。

「ほら。なんにもありません。もっとも、たいした荷物はなかったんですがね」

と、巳之吉は言った。

「誰か、娘を見たのか？」

夏木が長屋の連中を見回して訊いた。

「あたしは大家なので、挨拶《あいさつ》されましたから」

「どんな娘だった？」

「そりゃあ、愛らしい娘さんでしたよ。きれいな着物を着て、あれは長屋住まいのような娘じゃありません」

「所帯を持つとか言ったのか？」

「良太が照れちまってて、たいしたことは言わないんです。今度、この人とって、そこまで言うと真っ赤になってしまって。落ち着いたら、また挨拶に来るというので、あたしも詳しいことは聞けなかったんです」

大家がそう言うと、

「あたしはよおく見たよ、娘のほうを。可愛らしいけど、あれは猫の可愛さだよね」

と、長屋の女房は言った。

「猫の可愛さ？」

「そう。なんて言うのかね、猫がにゃあんて甘えた声を出しますでしょ。ちょうど、あんな感じなんですよ」

「ほう」

夏木がうなずくと、

「やっぱり化け猫だ。良太の新しい住まいは墓地の一角だ」

巳之吉は言った。

「おそらくそうだろうな」

と、夏木も賛同した。

「旦那もそう思いますか？」

「ああ。わしは、昨夜、猫を確かめた。尻尾に白い点のある黒猫でな。あれは、化け猫に多いのだ。まったく、猫というのは、人には窺《うかが》い知れぬ力を持っているからな」

夏木がそう言うと、長屋中の住人がぞっとしたように顔を見合わせ、

「良太はおしめえか」

「まだ若いのに」

「ああいうやさしげなのは、とりつかれやすいんだよ」

などと話し合った。

ただ、仁左衛門だけは、不思議そうに夏木を見ていた。

四

その翌日――。

夏木が初秋亭に来てしばらくしたころ、

「夏木さま。睨《にら》んだとおりでした」

と、藤村の倅《せがれ》の康四郎が顔を出した。

後ろには、岡っ引きで相棒の長助《ちょうすけ》と、縄をかけられた三十くらいの小柄な男がいる。

「やはり、そうか」

「三毛猫を抱いて、こいつの家に行き、この猫がわれらをここに連れて来たのだが、どういうことかなと言いますと、いきなり青くなって逃げ出しましてね。もちろん、逃がしやしませんが」

「まんまと引っかかったわけだ」

夏木がそう言うと、縄をかけられた男は悔しそうに顔を歪《ゆが》めた。

今日は、夏木よりも先に来ていた仁左衛門が、

「どういうことだい、夏木さま？」

と、訊《き》いた。

「うむ。昨日、噂の黒猫を一目見てみようと、長屋の路地で座っていたのさ。すると、住人が次々に帰って来てな、そのうちの一人に、左腕のここに猫につけられたみたいな引っかき傷があるやつがいたのさ」

「あれだね」

仁左衛門は、縛られた男の腕を指差した。確かに、男の左腕には、複数の赤い筋があり、ミミズ腫《ば》れのようになっている。

「ああ。それでわしは、そっちの相川町の裏店で、婆さんの家の二階に忍び込んだ盗人《ぬすっと》が、猫に引っかかれて、なにも盗《と》らずに逃げたって話を思い出したのさ」

「ああ。そんな話してたね」

隣で町役人と番太郎が立ち話をしていたのが耳に入っていた。

「それで、そいつはいかにも身が軽そうだろうが。わしは怪しいと思ったが、急いでどうこうするつもりはなかった。だが、良太が化け猫の妻といなくなったというので、咄嗟《とっさ》に引っかけてみようと思ったのさ。猫の怖さや賢さを信じ込ませておこうとな。それで、引っかける手立ては、藤村から康四郎さんに伝えてもらったわけだ」

「なあんだ」

と、仁左衛門は笑った。

婆さんに面通しさせるというので、縛った男を連れて行く康四郎を見送ってから、

「じゃあ、化け猫は？」

仁左衛門は思いだしたように訊いた。

「そんなわけあるまい。猫は首輪のところに、紙のこよりみたいなものをつけていた。わしは、それはもしかして文ではないかと思ったのさ」

「文ねえ」

「良太は猫の飼い主と、文のやりとりをして、ついには恋が芽生えたのではないかと。それで、わしは猫に見覚えがあったので、確かめに行った。ほら、向こうに堅い書物を出している〈英陵堂《えいりょうどう》〉という版元があるだろう。そこの一人娘が飼ってい

る猫だった」

「じゃあ、その娘と？」

「うむ。文のやりとりでもわかったのだろう、良太は読み書きもしっかりしているし、頭もいい。人柄も真面目でやさしいやつだ。版元の跡継ぎとしてふさわしいと、親も気に入ったみたいでな」

「そういうことか。じゃあ、会ったのかい、二人とは？」

仁左衛門が訊くと、

「そりゃあ、似合いの二人だったさ」

夏木はまるで仲人《なこうど》でもしたみたいに、自慢げに言ったのだった。

本書は二〇〇六年七月、二見時代小説文庫から刊行されました。
「夏木権之助の猫日記（一）　化け猫の妻」は書き下ろしです。

初秋《しよしゆう》の剣《けん》

大《おお》江《え》戸《ど》定《てい》年《ねん》組《ぐみ》

風《かぜ》野《の》真《ま》知《ち》雄《お》

令和3年 10月25日　初版発行
令和6年 9月20日　5版発行

発行者●山下直久

発行●株式会社KADOKAWA
〒102-8177　東京都千代田区富士見2-13-3
電話　0570-002-301(ナビダイヤル)

角川文庫 22879

印刷所●株式会社KADOKAWA
製本所●株式会社KADOKAWA

表紙画●和田三造

ISBN 978-4-04-111534-3　C0193

◆◇◇

角川文庫発刊に際して

角　川　源　義

第二次世界大戦の敗北は、軍事力の敗北であった以上に、私たちの若い文化力の敗退であった。私たちの文化が戦争に対して如何に無力であり、単なるあだ花に過ぎなかったかを、私たちは身を以て体験し痛感した。西洋近代文化の摂取にとって、明治以後八十年の歳月は決して短かすぎたとは言えない。にもかかわらず、近代文化の伝統を確立し、自由な批判と柔軟な良識に富む文化層として自らを形成することに私たちは失敗して来た。そしてこれは、各層への文化の普及滲透を任務とする出版人の責任でもあった。

一九四五年以来、私たちは再び振出しに戻り、第一歩から踏み出すことを余儀なくされた。これは大きな不幸ではあるが、反面、これまでの混沌・未熟・歪曲の中にあった我が国の文化に秩序と確たる基礎を齎らすためには絶好の機会でもある。角川書店は、このような祖国の文化的危機にあたり、微力をも顧みず再建の礎石たるべき抱負と決意とをもって出発したが、ここに創立以来の念願を果すべく角川文庫を発刊する。これまで刊行されたあらゆる全集叢書文庫類の長所と短所とを検討し、古今東西の不朽の典籍を、良心的編集のもとに、廉価に、そして書架にふさわしい美本として、多くのひとびとに提供しようとする。しかし私たちは徒らに百科全書的な知識のジレッタントを作ることを目的とせず、あくまで祖国の文化に秩序と再建への道を示し、この文庫を角川書店の栄ある事業として、今後永久に継続発展せしめ、学芸と教養との殿堂として大成せんことを期したい。多くの読書子の愛情ある忠言と支持とによって、この希望と抱負とを完遂せしめられんことを願う。

一九四九年五月三日

角川文庫ベストセラー

妻は、くノ一　全十巻　風野真知雄

平戸藩の御船手方書物天文係の雙星彦馬は藩きっての変わり者。その彼のもとに清楚な美人、織江が嫁に来た⁉　だが織江はすぐに失踪。彦馬は妻を探しに江戸へ向かう。実は織江は、凄腕のくノ一だったのだ！

いちばん嫌な敵　妻は、くノ一　蛇之巻1　風野真知雄

運命の夫・彦馬と出会う前、長州に潜入していた凄腕くノ一織江。任務を終え姿を消すが、そのときある男に目をつけられていた――。最凶最悪の敵から、織江は逃れられるか？　新シリーズ開幕！

幽霊の町　妻は、くノ一　蛇之巻2　風野真知雄

日本橋にある橋を歩く坊主頭の男が、いきなり爆発した。騒ぎに紛れて男は逃走したという。前代未聞の事件が、実は長州忍者のしわざだと考えた織江は、その恐ろしい目的に気づき……書き下ろしシリーズ第2弾。

大統領の首　妻は、くノ一　蛇之巻3　風野真知雄

かつて織江の命を狙っていた長州忍者・蛇文が、米国の要人暗殺計画に関わっているとの噂を聞いた彦馬と織江。保安官、ピンカートン探偵社の仲間とともに蛇文を追い、ついに、最凶最悪の敵と対峙する！

姫は、三十一　風野真知雄

平戸藩の江戸屋敷に住む清湖姫は、微妙なお年頃のお姫様。市井に出歩き町角で起こる不思議な出来事を調べるのが好き。この年になって急に、素敵な男性が次々と現れて……恋に事件に、花のお江戸を駆け巡る！

角川文庫ベストセラー

恋は愚かと　姫は、三十一2　風野真知雄

赤穂浪士を預かった大名家で発見された奇妙な文献。そこには討ち入りに関わる驚愕の新事実が記されていた。さらにその記述にまつわる殺人事件も発生。右往左往する静湖姫の前に、また素敵な男性が現れて——。

君微笑めば　姫は、三十一3　風野真知雄

謎の書き置きを残し、駆け落ちした姫さま。豪商〈薩摩屋〉から、奇妙な手口で大金を盗んだ義賊・怪盗一寸小僧。モテ年到来の静湖姫が、江戸を賑わす謎を追う！　大人気書き下ろしシリーズ第三弾！

薔薇色の人　姫は、三十一4　風野真知雄

売れっ子絵師・清麿が美人画に描いたことで人気となった町娘2人を付け狙う者が現れた。〈謎解き屋〉を始めた自由奔放な三十路の姫さま・静湖姫は、その不届き者捜しを依頼されるが……。人気シリーズ第4弾！

鳥の子守唄　姫は、三十一5　風野真知雄

謎解き屋を始めた、モテ期の姫さま静湖姫。今度の依頼人は、なんと「大鷲にさらわれた」という男。一方、〝渡り鳥貿易〟で異国との交流を図る松浦静山の屋敷に、謎の手紙をくくりつけたカッコウが現れ……。

運命のひと　姫は、三十一6　風野真知雄

〈謎解き屋〉を開業中の静湖姫にまた奇妙な依頼が。長屋に住む八世帯が一夜で入れ替わった謎を解いてくれというのだ。背後に大事件の気配を感じ、姫は張り切って謎に挑む。一方、恋の行方にも大きな転機が!?

角川文庫ベストセラー

月に願いを
姫は、三十一7
風野真知雄

静湖姫は、独り身のままもうすぐ32歳。そんな折、ある藩の江戸上屋敷で藩士100人近くの死体が見付かる。調査に乗り出した静湖が辿り着いた意外な真相とは？　そして静湖の運命の人とは!?　衝撃の完結巻！

西郷盗撮
剣豪写真師・志村悠之介
風野真知雄

元幕臣で北辰一刀流の達人の写真師・志村悠之介は、ある日「西郷隆盛の顔を撮れ」との密命を受ける。鹿児島に潜入し西郷に接近するが、美しい女写真師、人斬り半次郎ら、一筋縄ではいかぬ者たちが現れ……。

鹿鳴館盗撮
剣豪写真師・志村悠之介
風野真知雄

写真師で元幕臣の志村悠之介は、幼なじみの百合子と再会する。彼女は子爵の夫人となり鹿鳴館の華といわれていた。逢瀬を重ねる2人は鹿鳴館と外交にまつわる陰謀に巻き込まれ……大好評〝盗撮〟シリーズ！

ニコライ盗撮
剣豪写真師・志村悠之介
風野真知雄

来日中のロシア皇太子が襲われるという事件が勃発。襲撃現場を目撃した北辰一刀流の達人にして写真師の志村悠之介は事件の真相を追うが……日本中を震撼させた大津事件の謎に挑む、長編時代小説。

妖かし斬り
四十郎化け物始末1
風野真知雄

烏につきまとわれているため〝からす四十郎〟と綽名される浪人・月村四十郎。ある日病気の妻の薬を買うため、用心棒仲間も嫌がる化け物退治を引き受ける。油問屋に巨大な人魂が出るというのだが……。

角川文庫ベストセラー

百鬼斬り
四十郎化け物始末2
風野真知雄

借金返済のため、いやいやながらも化け物退治を引き受けるうちに有名になってしまった浪人・月村四十郎。ある日そば屋に毎夜現れる閻魔を退治してほしいとの依頼が……人気著者が放つ、シリーズ第2弾！

幻魔斬り
四十郎化け物始末3
風野真知雄

礼金のよい化け物退治をこなしても、いっこうに借金の減らない四十郎。その四十郎にまた新たな化け物退治の依頼が舞い込んだ。医院の入院患者が、一夜にして骸骨になったというのだ。四十郎の運命やいかに！

猫鳴小路のおそろし屋
風野真知雄

江戸は新両替町にひっそりと佇む骨董商〈おそろし屋〉。光圀公の杖は四両二分……店主・お縁が売る古い品には、歴史の裏の驚愕の事件譚や、ぞっとする話がついてくる。この店にもある秘密があって……？

猫鳴小路のおそろし屋2
酒呑童子の盃
風野真知雄

江戸の猫鳴小路にて、骨董商〈おそろし屋〉をひっそりと営むお縁と、お庭番・月岡。赤穂浪士が吉良邸討ち入り時に使ったとされる太鼓の音に呼応するように、第二の刺客〝カマキリ半五郎〟が襲い来る！

猫鳴小路のおそろし屋3
江戸城奇譚
風野真知雄

江戸・猫鳴小路の骨董商〈おそろし屋〉で売られている骨董は、お縁が大奥を逃げ出す際、将軍・徳川家茂が持たせた物だった。お縁はその骨董好きゆえ、江戸城の秘密を知ってしまったのだ――。感動の完結巻！

角川文庫ベストセラー

摘出 表御番医師診療禄5　上田秀人

将軍綱吉の命により、表御番医師から御広敷番医師に職務を移した矢切良衛は、御広敷伊賀者を襲った者を探るため、大奥での診療を装い、将軍の側室である伝の方へ接触するが……書き下ろし時代小説第5弾。

往診 表御番医師診療禄6　上田秀人

大奥での騒動を収束させた矢切良衛は、御広敷番医師から、寄合医師へと出世した。将軍綱吉から褒美として医術遊学を許された良衛は、一路長崎へと向かう。だが、良衛に次々と刺客が襲いかかる——。

研鑽 表御番医師診療禄7　上田秀人

医術遊学の目的地、長崎へたどり着いた寄合医師の矢切良衛。最新の医術に胸を膨らませる良衛だったが、出島で待ち受けていたものとは？　良衛をつけ狙う怪しい人影。そして江戸からも新たな刺客が……。

乱用 表御番医師診療禄8　上田秀人

長崎へ最新医術の修得にやってきた寄合医師の矢切良衛の許に、遊女屋の女将が駆け込んできた。浪人たちが良衛の命を狙っているという。一方、お伝の方は、近年の不妊の疑念を将軍綱吉に告げるが……。

秘薬 表御番医師診療禄9　上田秀人

長崎での医術遊学から戻った寄合医師の矢切良衛は、江戸での診療を再開した。だが、南蛮の最新産科術を期待されている良衛は、将軍から大奥の担当医を命じられるのだった。南蛮の秘術を巡り良衛に危機が迫る。

角川文庫ベストセラー

剣花舞う　流想十郎蝴蝶剣
鳥羽　亮

流想十郎が住み込む料理屋・清洲屋の前で、乱闘騒ぎが起こった。襲われた出羽・滝野藩士の田崎十太郎とその姪を助けた想十郎は、藩内抗争に絡む敵討ちの助太刀を求められる。書き下ろしシリーズ第２弾。

舞首　流想十郎蝴蝶剣
鳥羽　亮

大川端で辻斬りがあった。首が刎ねられ、血を撒き散らしながら舞うようにして殺されたという。惨たらしい殺し方は手練の仕業に違いない。その剣法に興味を覚えた想十郎は事件に関わることに。シリーズ第３弾。

恋蛍　流想十郎蝴蝶剣
鳥羽　亮

人違いから、女剣士・ふさに立ち合いを挑まれた流想十郎は、逆に武士団の襲撃からふさを救うことになり、出羽・倉田藩の藩内抗争に巻き込まれる。恐るべき殺人剣が想十郎に迫る！　書き下ろしシリーズ第４弾。

愛姫受難　流想十郎蝴蝶剣
鳥羽　亮

目付の家臣が斬殺され、流想十郎は下手人の始末を依頼される。幕閣の要職にある牧田家の姫君の輿入れを妨害する動きとの関連があることを摑んだ想十郎は、居合集団・千島一党との闘いに挑む。シリーズ第５弾。

双鬼の剣　流想十郎蝴蝶剣
鳥羽　亮

大川端で遭遇した武士団の斬り合いに、傍観を決め込もうとした想十郎だったが、連れの田崎が劣勢の側に助太刀に入ったことで、藩政改革をめぐる遠江・江島藩の抗争に巻き込まれる。書き下ろしシリーズ第６弾。

角川文庫ベストセラー

蝶と稲妻　流想十郎蝴蝶剣　鳥羽　亮

剣の腕を見込まれ、料理屋の用心棒として住み込む剣士・流想十郎には出生の秘密がある。それが、他人との関わりを嫌う理由でもあったが、父・水野忠邦が会いたがっていると聞かされる。想十郎最後の事件。

雲竜　火盗改鬼与力　鳥羽　亮

町奉行とは別に置かれた「火付盗賊改方」略称「火盗改」は、その強大な権限と広域の取締りで凶悪犯たちを追い詰めた。与力・雲井竜之介が、5人の密偵を潜らせ事件を追う。書き下ろしシリーズ第1弾！

闇の梟　火盗改鬼与力　鳥羽　亮

吉原近くで斬られた男は、火盗改同心・風間の密偵だった。密偵は、死者を出さない手口の「梟党」と呼ばれる盗賊を探っていたが、太刀筋は武士のものと思われた。与力・雲井竜之介が謎に挑む。シリーズ第2弾。

入相の鐘　火盗改鬼与力　鳥羽　亮

日本橋小網町の米問屋・奈良屋が襲われ主人と番頭が殺された。大黒柱を失った弱みにつけ込み同業者が難題を持ち込む。しかし雲井はその裏に、十数年前江戸市中を震撼させ姿を消した凶賊の気配を感じ取った！

百眼の賊　火盗改鬼与力　鳥羽　亮

火事を知らせる半鐘が鳴る中、「百眼」の仮面をつけた盗賊が両替商を襲った。手練れを擁する盗賊団「百眼一味」は公然と町奉行所にも牙を剝く。ひるむ八丁堀をよそに、竜之介ら火盗改だけが賊に立ち向かう！

角川文庫ベストセラー

虎乱
火盗改鬼与力

鳥羽　亮

火盗改同心の密偵が、浅草近くで斬殺死体で見つかった。密偵は寺で開かれている賭場を探っていた。寺での事件なら町奉行所は手を出せない。残された子どもたちのため、「虎乱」を名乗る手練れに雲井が挑む！

夜隠れおせん
火盗改鬼与力

鳥羽　亮

待ち伏せを食らい壊滅した「夜隠れ党」頭目の娘おせん。父の仇を討つため裏切り者源三郎を狙う。一方、火盗改の竜之介も源三郎を追うが、手練二人の挟み撃ちに…大人気書き下ろし時代小説シリーズ第6弾！

極楽宿の刹鬼
火盗改鬼与力

鳥羽　亮

火盗改の竜之介が踏み込んだ賭場には三人の斬殺屍体が。事件の裏には「極楽宿」と呼ばれる料理屋の存在があった。極楽宿に棲む最強の鬼、玄蔵。遣うは面斬りの太刀！　竜之介の剣がうなりをあげる！

火盗改父子雲

鳥羽　亮

日本橋の薬種屋に賊が押し入り、大金が奪われた。逢魔が時に襲う手口から、逢魔党と呼ばれる賊の仕業と思われた。火付盗賊改方の与力・雲井竜之介と引退した父・孫兵衛は、逢魔党を追い、探索を開始する。

二剣の絆
火盗改父子雲

鳥羽　亮

神田佐久間町の笠屋・美濃屋に男たちが押し入り、あるじの豊造が斬殺された上、娘のお秋が攫われた。火盗改の雲井竜之介の父・孫兵衛は、息子竜之介とともに下手人を追い始めるが……書き下ろし時代長篇。

角川文庫ベストセラー

七人の手練
たそがれ横丁騒動記㈠
鳥羽亮

年配者が多く〈たそがれ横丁〉とも呼ばれる浅草田原町の紅屋横丁では、難事があると福山泉八郎ら七人が協力して解決し平和を守っている。ある日、横丁の店主に次々と強引な買収話を持ちかける輩が現れて……。

天狗騒動
たそがれ横丁騒動記㈡
鳥羽亮

浅草で女児が天狗に拐かされる事件が相次ぎたそがれ横丁の下駄屋の娘も攫われた。福山泉八郎ら横丁の面々は天狗に扮した人攫い一味の仕業とみて探索を開始。一味の軽業師を捕らえ組織の全容を暴こうとする。

守勢の太刀
たそがれ横丁騒動記㈢
鳥羽亮

浅草田原町〈たそがれ横丁〉の長屋に独居し、武士に生まれながら物を売って暮らす阿久津弥十郎。ある日三人の武士に襲われた女人を助けるが、それをきっかけに横丁の面々と共に思わぬ陰謀に巻き込まれ……？

いのち売り候
銭神剣法無頼流
鳥羽亮

銭神刀三郎は剣術道場の若師匠。専ら刀で斬り合う命懸けの仕事「命屋」で糊口を凌いでいる。旗本の家士と相対死した娘の死に疑問を抱いた父親からの依頼を受け、刀三郎は娘の奉公先の旗本・佐々木家を探り始める。

我が剣は変幻に候
銭神剣法無頼流
鳥羽亮

日本橋の両替商に押し入った賊は、全身黒ずくめで奇妙な頭巾を被っていた。みみずく党と呼ばれる賊は、町方をも襲う凶暴な連中。依頼のために命を売る剣客の銭神刀三郎は、変幻自在の剣で悪に立ち向かう。

角川文庫ベストセラー

新火盗改鬼与力
風魔の賊
鳥羽亮

新火盗改鬼与力
隠し剣
鳥羽亮

新火盗改鬼与力
御用聞き殺し
鳥羽亮

新火盗改鬼与力
最後の秘剣
鳥羽亮

剣鬼斬り
新・流想十郎蝴蝶剣
鳥羽亮

日本橋の両替商に賊が入り、二人が殺されたうえ、千両余が盗まれた。火付盗賊改方の与力・雲井竜之介は、卑劣な賊を追い、探索を開始するが—。最強の火盗改鬼与力、ここに復活！

日本橋の薬種屋に賊が押し入り、手代が殺されたうえ、大金が奪われた。賊の手口は、「闇風の芝蔵」一味と酷似していた。火付盗賊改方の与力・雲井竜之介は、必殺剣の遣い手との対決を決意するが——。

浅草の大川端で、岡っ引きの安造が斬殺された。彼は浅草を縄張りにする「鬼の甚蔵」を探っていたのだ。火付盗賊改方の与力・雲井竜之介は、手下たちとともに聞き込みを始めるが——。書き下ろし時代長篇。

日本橋本石町の呉服屋・松浦屋に7人の賊が押し入った。番頭が殺された上、1500両余りが奪われたというのだ。火盗改の雲井竜之介は、賊の一味に、数人の手練れの武士がいることに警戒するのだが——。

偶然通りかかった流想十郎は料理屋・松崎屋の窮地を救うと、店に住み込みで用心棒を頼まれることになった。だが、店に寄りつくならず者たちは、さらに仲間を増やし、徒党を組んで襲いかかる——。